나는 천사에게 말을 배웠지

나는 천사에게 말을 배웠지

정현우 시집

창비

차
례

제1부 · 모든 슬픔을 한꺼번에 울 수는 없나

010   세례

012   멍

013   소라 일기

014   여자가 되는 방

018   귀와 뿔

020   덫

021   여백

022   오르골

023   유리 주사위

024   슬픔을 들키면 슬픔이 아니듯이

026   눈 깜빡거릴 섬(瞬)

027   이팝나무 아래서 재채기를 하면 처음이

       될까요

028   꿈갈피

029   컬러풀

031   겨울의 젠가

033   꿈과 난로

제2부 · 시간과 그늘 사이 턱을 괴고

036   달팽이 사육장 1

037   점(占)

039   해감

040   진화

042   침례 1

044   도화(桃花)

047   달팽이 사육장 2

048   파랑의 질서

050   주말의 명화

052   도깨비바늘

054   신이 우리를 죽이러 올 때

056   각도의 비밀

059   묘묘

062   The Sounds of Silence

064   로즈 빌

065   오르톨랑

068   배꼽의 기능

069   얼굴이 기억나지 않는 사람을 어떻게 불러
      야 할까

제3부 · 소년과 물보라

072   인면어

075   밥알을 넘기다 수저를 삼키면

076   강신무

078   용서

080   항문이 없는 것들을 위하여

083   사람은 물고기처럼 물속에서 숨 쉴 수 없나요

084   기원

086   서랍의 배치

088   소금 달

089   침례 2

090   유리의 서

092   손금

094   인어가 우는 숲

096   스노우볼

098   문조(文鳥)

099   사랑의 뒷면

100   수묵

102   오,라는 말은

제4부 · 여름의 캐럴

106   적화(摘花)

108   겨울 귀

110   툰드라의 유령 1

112   툰드라의 유령 2

114   묻다

116   거인

119   소멸하는 밤

120   늦잠

121   뱀주인자리

122   옷의 나라

123   종언

124   빙점

126   목화가 피어 살고 싶다고

127   소년의 태도

129   여름의 캐럴

131   후쿠시마

135   해설 | 김언

151   시인의 말

제 1 부

모든 슬픔을 한꺼번에 울 수는 없나

세례

잠자리 날개를 잘랐다.
장롱이 기울어졌다.

삐걱이는 의자에 앉아
나는 본 적 없는 장면을 슬퍼했다.
산파가 어머니의 몸을 가르고
아버지가 나를 안았을 때,
땅속에 심은 개가
흰 수국으로 필 때,

인간은
기형의 바닷바람,
얼음나무 숲을 쓰러뜨려도
그칠 수 없는 눈물이
갈비뼈에 진주알로 박혀 있다는 생각
그것을 꺼내고 싶다는 생각
내가 태어났을 때
세상의 절반은
전염병에 눈이 없어진 불구로 가득했다.

창밖 자목련이 바람을 비틀고
빛이 들지 않는 미래
사랑에 눈이 먼 누나들은
서로의 눈곱을 떼어주고

나는 까치발을 들고
귓속에 붙은 천사들을 창밖으로 털었다.

멍

아버지에게 처음으로 따귀를 맞았다. 맨발로 집을 뛰쳐나왔다. 넝쿨이 울창한 성당은 멍든 것들로 가득 차 있었다. 떨어진 포도알에는 천사의 날개가 들어 있을지도 몰라 맨발로밟았다, 자줏빛 혈관을. 첨탑 사이로 빠져나가는 구름과 그늘에 접힌 종소리를, 멍든 뺨을 어루만졌다. 발목으로부터터지는 울분, 어둠에도 무게가 있다는데, 발자국을 내버린까마귀의 허공, 슬쩍 날개 대신 다리를 내민 천사의 오후, 천사들이 가져가는 몫은* 포도의 주검과 시간 사이, 양손으로한움큼 포도알을 담아 천사에게 내밀었다. 무질서하게 열리는 마음, 포도알을 입안에 넣으면 감돌다 마는 천사의 피 맛, 바닥에 숨이 붙어 있는 포도알이나 영혼이나 모두 썩고 나면 그만인데, 뒤로 물러서는 천사의 침묵. 미사를 마친 사람들이 알약처럼 쏟아져나왔다. 정적 속에 숨어 있는 포도 씨. 멍울을 깁다 보랏빛이 얇게 잡히는 멍의 끝, 더이상 오를 곳없는 햇빛에 구부러지는 포도 넝쿨들.

* 천사들도 술을 마신다. 포도주가 오크통에서 숙성되는 동안 일부는 공기 중으로 사라지는데, 이를 '천사의 몫'이라고 한다.

소라 일기

수초의 질감이 잠긴 하늘
해변에서 소라를 주웠다.
몇시간째 소라는 나올 수 없다.
기차역 차단기 앞에서 나는 놀라 뒷걸음치고
소라를 놓쳤다.
새들은
나만 빼고 어디로 다 데려가는지
처음부터 혼자는
그렇게 탄생했을지도.

슬픔은 오른쪽이야,
기억을 나사처럼 돌리다가
더이상 돌아가지 않는 오른쪽이야,

돌아갈 집이 없는
소라에게 속삭였다.

여자가 되는 방

이상해서 나는 화장을 했다.
내가 태어난 것이
여자를 벗은 것 같아
누나의 검정 치마를 입었다.

거울 속에서 숨죽인 내가
립스틱을 쥔 채로
매달려 있었다.

아랫입술을 잃어버렸다.
쏟아지는 검은 가시들
누나의 마스카라는
나의 베갯잇에 물들고,

벽에 매달려 있는 동안
나는 어느 얼굴이 되는 걸까.

누군가 방문을 열까봐
우는 얼굴로 저녁을 닫았다.

나는 내 몸을 만지면서
눈을 감고 얼굴을 그린다.

어른이 될 때까지
나는 흩어지고 싶은 구름
가슴이 없는 까마귀떼
나의 몸에서 풀이 자란다.
금방 풀이 죽는다.
풀숲에서 벌거벗은
여자를 훔쳐보는 마음
잘한 것보다 잘못한 것이 많아지는 밤에는
나는 여자가 되었다.
아무도 없는 방문을 잠그고 나와
반성문을 썼다.

방문을 삐져나온 뱀들은
악몽에 목이 베였다.
밤을 켜면 벼랑은 나를 떨어뜨렸다.
여자를 흉내 내고

깨진 유리를 삼키고
바람의 목을 켠 채로 길어지는 밤
잘린 손가락들은 유리의 성을 쌓고
스타카토, 스타카토, 카스트라토*

사람이 죽으면 여자일까 남자일까
그런 존재는 나의 가랑이 밖에만
있을지도
모른다는 생각을 하다가,

개들이 나의 얼굴을 더듬거리고
웃을 수 없다.
아름다운 얼굴이 지워질까봐

종아리의 회초리 자국이
벽에 그려진 낙서보다 숭고했다.

끝없이 바깥을 쌓아도
세워지지 않는 나의 성 안에서

얼굴 없는 여자가
또각또각 걸어나간다.

나와 멀어진 나를
사랑할까봐
가장 어두운 구두를 신고.

* 변성기 전의 소년을 거세하면 성인이 된 뒤에도 소프라노나 알
  토의 성역을 지닌다.

귀와 뿔

눈 내린 숲을 걸었다.
쓰러진 천사 위로 새들이 몰려들었다.
나는 천사를 등에 업고
집으로 데려와 천사를 씻겼다.
날개에는 작은 귀가 빛나고 있었다.
나는 귀를 훔쳤다.
귀를 달빛에 비췄고
나는 천사에게 말을 배웠다.
두 귀,
두개의 깃.
인간의 귀는 언제부터 천사의 말을 잊었을까.
아무것도 들리지 않는 순간과
타들어가는 귀는
깃을 달아주러 오는 밤의 배려,
인간의 안으로만 자라는 귀는
끝이 둥근 칼날,
되돌려주지 않는 신의 목소리,
불로 맺혔다가
어둠으로 눈을 뜨는 안,

인간에게만 닫혀 있고
새와 구름에게 열려 있다.
목소리를 들으려 할 때
귓바퀴를 맴도는 날갯짓은
인간과 천사의 사이
끼어드는 빛의 귀.
불이 매달려 있다고 말하면
귓불을 뿔이라고 말하면
두 귀,
두개의 뿔.

덫

집주인은 차양마다 약을 뿌렸다. 아랫집 키 작은 아줌마가 쥐약을 먹었다는 이야기는 잠음 같았다. 옥상에 올라 라디오 눈금을 맞추면 쥐약을 쪼는 비둘기를 보기도 했다. 비둘기 시체를 벌벌 떨면서도 부드러운 목덜미를 만져보고 그대로 두었다. 곪은 상처에서 벌레들이 기어나왔다. 처음부터 몸속에 기생하고 있었다는 듯, 쥐약이 몇알씩 사라졌다. 새들이 먹었고 사람이 먹었고, 그리고 누가 사라졌는지 뙤약볕이 내 몸을 반쯤 쪼고 있었다. 쓰레기통을 뒤지던 묘묘가 차양 위로 올라갔다. 주인집 아들은 새총으로 묘묘 엉덩이를 겨누었다. 대백과사전이며 성경책을 힘껏 집어 던졌다. 책들이 찢어지고 생각들이 날아다녔다. 예수는 너무 일찍 죽었다느니, 신은 인간의 실수라느니 하는 말들이 처마에 걸려 있었다. 주인집 아들이 부는 비눗방울은 하늘 높이 날았다. 발톱과 송곳니가 몸속으로 나를 밀어넣었다. 하품을 하자 묘묘도 따라 했다. 저녁이면 주인집에서 찬송가 소리가 들렸다. 옆집에선 신음 소리가 났다. 맨발을 움직이면 눅눅한 장판, 밥보다 물을 더 많이 들이켜고 잠든 밤에는 뜨거운 무언가가 정수리에 닿았다. 덫에 걸린 족제비나 살쾡이의 얼굴, 가난은 무서운 표정의 한 종류일까. 덫에 걸린 나의 안쪽을 오래도록 들여다보았다.

여백

　기억은 나를 뒤집어놓은 빈집. 머리 위로 철새는 세상을 딛고 여백은 죽거나 사라진다. 눈이 오는 소리를 또각, 또각, 발음했다.

　일정하지만 오차가 난무하는 곳, 겨울은 점점 깊어지고 구름은 어디까지 우리의 눈을 가리고 가나.

　겨울이 수평 속으로 사라진다. 너는 새를 보면 가렵다고 했다. 그건 새들의 여백일까, 텅 빈 겨울은 밥 짓는 냄새가 난다.

　부러진 눈송이는 여백을 지우고 있다. 잘못된 것을 봐도 서글퍼지지 않기로 했다. 나는 보이지 않는다.

　새가 오듯 네가 온다.

오르골

누나와 나는
다리가 엉킨 채 잠이 들었다.
아무런 일이 일어나지 않는다.

감당할 수 있는 슬픔만 나눠 가지고
우리는 누워 밤하늘에 물수제비를 던진다.

어둠이 원 속으로 들어간다.
빛이 가라앉는다.
유리 태엽은 시간을 따라가고
나는 시계를 쥔다.

끝없이 춤을 추는 우리의 공전은
커브를 돌며 넘어진다.

사람과 사람
기댈 수 없는 두 마음이 있어
등을 구부린 채
잔다.

유리 주사위

두 눈은 울기 위해 만들어졌지,
인간은 가장 말랑한 슬픔을 가지고 있어서

아무리 돌려도 주사위의 검은 눈이
하나밖에 나오지 않는
두개의 눈동자 또는
7

죽은 이들을 가질 수 있다는 것도
내겐 운,
슬픔을 가진다는 것 또한 인간이 되기 위한
경우의 수,

천사는 생각해, 마음껏 울어도 돼 그래도 돼
얼마나 많은 슬픔을 깨뜨려야
사람이 인간이 될까

깨질 듯 굴러갈 듯
천사들이 사람을 줍고 있다.

슬픔을 들키면 슬픔이 아니듯이

용서할 수 없는 것들을 알게 될 때 어둠 속에 손을 담그면 출렁이는 두 눈, 검은 오늘 아래 겨울이 가능해진 밤, 도로에 납작 엎드린 고양이 속에서, 적막을 뚫고, 밤에서 밤을 기우는 무음, 나는 흐릅니다. 겨울 속에서 새들은 물빛 열매를 물어 날아오르고, 작은 세계가 몰락하는 장면 속을 나는 흐릅니다. 풀잎이 떨어뜨리는 어둠의 매듭이 귀와 눈을 먹먹히 묶고, 돌과 층층이 쌓이는 낮과 밤으로부터 이야기하자면, 죽음은 함께할 수 없는 것, 그러니 각자의 슬픔으로 고여 있는 웅덩이와 그림자일 뿐입니다. 묘 앞에서 머뭇거리는 것이 있다면, 바깥에 닿는 비문, 발소리를 듣는 동안, 괄호를 치는 묵음은 그들이 죽인 밤을 기록하는 서(恕), 그림자는 순간 쏟아지는 밤의 껍질, 우리를 눕히는 정적입니다. 흐르지 않는 것이 있다면 나의 죄와 형벌, 지우고 싶은 묘비명 같은 것이나 수렴은 시작되었고 검은 고요로 누워 흘러갈 뿐입니다. 간밤의 꿈을 모두 기억할 수 없듯이, 용서할 수 있는 것들도 다시 태어날 수 없듯이, 용서되지 않는 것은 나의 저편을 듣는 신입니까, 잘못을 들키면 잘못이 되고 슬픔을 들키면 슬픔이 아니듯이, 용서할 수 없는 것들로 나는 흘러갑니다. 검은 물속에서, 검은 나무들에서 검은 얼굴을 하고, 누

가 더 슬픔을 오래도록 참을 수 있는지, 일몰로 차들이 달려
가는 밤, 나는 흐릅니까. 누운 것들로 흘러야 합니까.

눈 깜빡거릴 섬(瞬)

당신의 왼쪽 눈이
내 오른쪽 눈이
될 수 없으니

우리가
눈을 감는 이유,

이팝나무 아래서 재채기를 하면 처음이 될까요

고백이 많은 이곳이 마음에 듭니다. 나는 누우면 태어나지 않은 것으로부터 버려지는 바다가 되고, 작은 틈을 발견하곤 합니다. 나의 잠에 열중하는 것은 가까워지는 가장 먼 환상, 실금이 간 얼굴을 만지면 나는 살아 있다는 감각을 의심합니다. 어머니, 그곳에는 눈이 오나요. 이팝나무 아래서 재채기를 하면 처음이 될까요. 새벽이 오면 짐승의 밥으로 던져질 사람들이 있고, 내가 죽고 싶은 마음들은 콩잎들이 지는 겨울의 그 길을 흔들고, 모퉁이들을 지나 그림자들을 밟아보던 순간을 노래할 때, 어둠을 다듬던 뒷모습은 나를 반기던 눈빛, 강아지풀, 나는 오래된 푸른 빛을 움켜줍니다. 나는 버려지기 위해 되돌아오는 고독을 알지 못합니다. 폐허는 심장에서 꽃을 떼어낸 줄기, 무성히 자란 나의 은신처를 찾을 수 없고, 선택할 수 있는 것은 마음을 가둔 예언, 진실은 먼 것이 내는 상처로부터 서 있습니다. 고백은 언젠가 하나로 사라지는 밤의 내부, 나는 버려지기를 기다립니다. 수취할 수 없는 다정은 추위를 떠도는 잿빛, 어머니, 그곳에 눈은 오나요. 되물음 없이 흘러 당신의 밤으로 들어가는 꽃잠, 깨고 싶지 않은 고백들이 밤의 행렬로 지나가고 있습니다.

꿈갈피

숲의 동공을 열면 식물의 별자리가 웃자란다. 실타래를 길게 풀어 식물의 끝은 지문이 왼쪽으로 돌아가는 미로와 세계. 냄새를 쫓아 냄새로 헤맨 적 있었지. 너는 거대한 더듬이와 눈알과 겨드랑이에서 돋아난 날개로 공중을 날아오르더니 순식간에 사라졌지. 내 눈을 의심하며 여름 한가운데를 응시했어. 언젠가 너는 감각이 열린 정해진 시간에 대해 이야기했지. 네가 남기고 간 통로에서 부드럽게 말리는 풀 냄새. 시간이 언제부터 시작되었는지 아무도 모르는 어느 여름날로부터, 나무의 심장은 푸른 어스름에 귀를 열고, 캄캄한 미로 속에 오래 있어도 좋겠다. 너를 빚고 나를 빚으며 아이를 낳고 또 아이를 낳고 또 아이를 낳고 서로를 더듬던 온몸은 곤충의 시간.

꿈속의 잠을 벗겨내면 나무들의 흉터라고 부를 수 있겠다. 가슴이 숭숭 뚫린 몸의 껍질, 햇볕에 마른 주둥이, 바스락대는 몸을 줍는다.

알아, 네 눈빛은 어렴풋이 더듬게 되는 페이지, 우리 사이 끼워놓을 수 있는 꿈을 꿔, 잊힐 듯 말 듯 똑같은 꿈속으로 깜빡이는 꿈을 꿔, 너는 어둠이 죽는 마지막 자리. 매미 울음이 숲을 통째로 옮겼다.

컬러풀

옥상 문을 걸어 잠그고 밥을 먹었다.
멸치의 눈이 친구의 눈빛 같았다.
땅거미가 사람들을 갉아 먹는 모습을 지켜보았다.
투명한 가윗날 소리,
노을 속 색종이들이 살랑였다.
잔상이 길게 남으면 셔틀콕이 튀어올라
실눈을 지그시 떴다.
맞은편, 미술실 토르소는 하얗게 부서졌다.

한조각 어둠이 등을 밀 때
인간이 가질 수 있는 색이 궁금했다.

난간을 붙잡고,
발밑으로 대답이 없는 어둠,
깃이 부서진 새들이 몸속을 떠돌았다.
감정을 옮기는 빛들의 통로,
무언의 물감 속에 있었다.
색칠되지 않는 마음은 기쁨도 슬픔도 잴 수 없던
두 팔 안에 가둔 시간.

살아 있으려는 색은 무엇일까.

눈가에서 정물이 쓰러질 때,
변성기로 굽은 순간은
투명을 통과하는 검은 깃들,
마지막을 거는 새들의 첫 비행.
모두 섞으면 거대한 검은색 마침표가 도달하는지.
청동색 토르소가
회갈색 비늘을 떨어뜨린다.

나의 보호색은 나의 적(敵).

겨울의 젠가

얼어붙은 호수 한가운데
우리는 목조 계단을 쌓아올렸습니다.
신체의 일부를 보여주면서
손에 쥔 적 없는 마음을
밀어넣으면서
눈을 마주 보면서
팔과 다리로 탑을 쌓았습니다.

사람의 마음과 마음 사이
폭설을 내려주시어
들어갈 수 없는 길을 알게 하소서.
한토막의 슬픔으로
무너진 사람이
혼자 걷는 눈길을
사랑이라고 말하게 하소서.

눈과 눈 사이 거스를 수 없는 빛을
눈빛이라 부릅니까.
서로의 눈을 닫으면

슬픔만을 가져갈 수 없음을

기쁨, 그것은

불탄 혀로 슬픔을 핥고
입술을 겹쳐
죽을힘을 다해 외롭게 허물어지는 것.
사랑과 기쁨이 되어
타오르지 않는 발화점이 되어

꿈과 난로

이파리가 가늘게 가지들을 낭독한다

불 꺼진 난로, 은색 주전자,
입김은 사라진다

모든 슬픔을 한꺼번에 울 수는 없나
아, 난 죽은 사람

숨을 거두어가는 일이
새를 데리러 오는 일이
나에게도 일어난 것

제 2 부

시간과 그늘 사이 턱을 괴고

달팽이 사육장 1

오늘은 달팽이가 여자가 될 수 있을 것 같아서
내가 키운 물음표를
다 갉아 먹을 수 있도록 내버려뒀다.

아빠가 말했지
이상한 짐승을 기르는구나,
처음부터 이상한 인간은 없는데
너는 왜 그 모양이니,

생기다 만 도형에 가까워지는 것을 생각한다.
모가 난 것들은 미끄러지지 않는데
플라스틱으로 축조된 사육장

치설을 이만개나 가진 달팽이가
사람을 갉으면 무슨 모양일까.

남성과 여성을 지우고 나서야 나는
웅덩이 속,
나무를 베고 잠이 들었다.

점(占)

*

안방 연꽃등이 켜지면 불을 끈 채 눅눅한 이불을 얼굴까지 뒤집어썼다. 힘주어 밟아도 기어나오는 점. 저건 바퀴벌레가 아닐 거야, 다글다글 내가 뒤집어쓴 어둠 안쪽까지 알을 슬어놓은 점. 불상은 춤을 추고 무령(巫鈴) 소리와 함께 흔들리는 집. 무서워하면 귀신이 씐다는데 나는 내내 오줌을 참고, 점괘를 품고 점상에 흩어진 쌀알처럼 점점 작아지는데.

*

죽을 자리를 알 수 없는 점, 점은 죽는 자리에만 있지. 우리는 벌거벗은 인과성. 할미의 치마폭에 싸인 거대한 점, 온다, 온다, 신이 온다, 삼신이 온다, 붉은 탯줄이 목을 감고, 점으로 떠돌다 사람으로 점지되었을 때, 흙을 옮겨 담아 산과 섬을 만들었다는 거대한 여인이, 칼 위에 섰다. 섰다, 신복(神服)을 입은 할미가 내 목을 누를 때, 온몸이 간지러워 반점 밖으로 열꽃이 날리고, 혼백을 다 채가는 할미가, 춤을 춘다. 춘다. 내 몸을 빌려 명점(命點)을 거둬갈 때.

*

    나는 내 이름 밖으로 내던져지고 신은 할머니를 찾아오지 않았다. 왜 자꾸 배가 고파오는지. 오래 울어야 알 것 같은 점, 눈알이 빨갛게 되도록 늙어버린 점, 흙 속에 묻힌 작은 점, 점, 점, 날아오른 새떼는 물수제비를 뜨네, 하늘에서 바다에서 할머니 눈빛에서 모든 괘가 빠져나가고. 모든 점을 하나로 모아도 내가 되지 않고 할머니가 되지 않네. 신은 결국 나에게 오지 않고.

해감

네게 소라의 슬픔을 꺼내 보여준다.
껍데기 속, 게 한마리
몇겹의 시간을 출렁이며
물숨이 다 보이는 마음 같은 거
손을 대면 움츠리는 비밀
소라는 집이 아니다.
그 안에는 소라 하나만 있다.
귀를 대어보면 혼자 웅크린 사람,
아침을 먹고, 청소를 하고,
허밍을 하다가, 혼자 누워 괜찮아,
믿고 싶지, 나를 벗고 간 소라를
귀와 눈이 없는 소라가 되는 것을
투명한 발이 달린 속삭임,
마지막으로 삼키는 물그림자는
금세 마르는 오후의 빛
몇 사람이
집을 찾아 소리를 뒤적였다.

진화

읽히지 않는 당신을 붙들고, 나는 틈과 틈 사이를 다닌다. 지문 밖으로 읽히지 않는 문장은 귓바퀴로 들어야 한다. 켜켜이 귀 세운 것들, 비가 오는 날 입술은 더 진해지고 새들의 부리는 선명해지고, 지렁이를 잡아 올리는 일은 성(性)이 없는 것들을 만지는 일, 오늘을 산다는 일, 다음 날 짜부라진 지렁이가 되어 있을지, 수면 위로 올라오는 지렁이떼, 그림자는 지렁이의 곁눈질. 지렁이에게 여자를 부여한다. 남자를 뚫고 지나간다. 시간이 들어앉는다. 어둠을 끌고 가는 끝, 다시 사람이 밟고 지나간다. 발이 터진 것인지 머리가 터진 것인지, 사람 안의 창자처럼 땅은 구불거리고, 짜부라진 지렁이를 오래도록 내려다본다. 새는 움켜쥘 수 없는 문을 향해 달려든다.

웅덩이는 날아가고 지렁이는 남아 있다. 갈라진 진흙 사이 지렁이를 들어본다. 내가 떨어져나간 곳에 지렁이가 있다. 어둠은 무심한 것들부터 삼킨다. 지렁이 속으로 여자가 들어온다. 남자가 쪼개진다. 지렁이의 몸에서 다른 한 손이

40

나온다. 나는 두 손이 있고, 남자와 여자를 다 알 것만 같은데, 이해할 수 없는 통점들이 동그랗게 밀려간다. 꽃잎의 그늘 모양, 돌아갈 마음이 없고 오른쪽으로 소용돌이치는 비, 왼쪽으로 빨려드는 사람들, 사람을 섞다가 보면 사람이 되는 건가, 한꺼번에 죽은 것들이 얼굴에 쏟아진다.

침례 1

얼굴을 물어뜯는 개의 밤.
죽은 나를 아무도 반기지 않을 밤.

엄마의 가발을 뒤집어쓴 채
슬퍼하지 못해
마음대로 여자가 된다.
허락되지 않는다.
머리카락이 자라는 것도,

아름답다라고 말하면
한올씩 익사한 시신에 머리카락을 심어주는 기분,
증오를 사랑이라 느끼는 기분,

반쪽 얼굴을 빗질하듯이
바람은 바람을 먹고
나는 허리를 꼿꼿이 펴고
자해를 한다.

비명은 슬픈 생각인지 알 수 없다.

잠은 둘이 자는데
왜 두가지 성을 가질 수 없을까.

허용되지 않는 나의 태초는
죄에 가까운 점사(占辭).

여자가 될 수 없어
잠시 종교를 가진다.

도화(桃花)

*

칠월, 주인집 아저씨는 개를 잡았다.
사람들은 검둥이 눈을 보고 있었다.
도망가는 검둥이를 쫓는 사람들,
무더위가 뒤따라갔다.
그럴 거면 차라리 한번에 죽여버리지,
학교에서 배운 성선설을 중얼거리는데
앵두나무가 미친 듯이 붉은 눈동자를 매달았다.

*

앵두, 발음하면 다 찢긴
입술이 모였다.
우우— 울던 검둥이 입
꽃의 모가지를 붙들던
입가에서 툭,
터지는 물집.

죽음의 끈을 풀고 달려가는 검둥이는
다시 잡혀오고,

앵두의 핏물이 작렬했다.

내 안을 감던 눈이 떠졌다.
그건 신이었나.
쉽게 으스러지는 살갗,

개는 짖는데 울음소리는 들리지 않는다.

*

어른들은 평상에 앉아 화투를 쳤다.
알록달록한 화투패가
찰싹,
나를 뒤집었다.
얼크러진 앵두들이
일제히 나를 보고 웃고 있었다.

몇개나 있을까,
손가락을 접어
하찮은 것들을 셌다.

마룻바닥으로
앵두나무 한그루가 납작 엎드리고
몰래 죽음을 풀어주는 방법을 몰랐다.

짝이 맞지 않아도
나는 뒷장이 궁금했다.

달팽이 사육장 2

사육장을 열었다.
귓속으로 떠밀려 들어오는 미궁
달팽이가 많은 숲에서
발견되었다는 호모사피엔스의 두개골,
달팽이가 흙을 팠다.

더 느리게 숨으라고
작은 숨구멍을 닫았다.
머리가 끼여 죽을까봐
바람이 나를 열고
여자인지, 바람인지,
사람인지
나의 변주는
불변성,

나는 술래,
최초의 호문쿨루스.

파랑의 질서

방 가운데 액자가 걸린다.
액자 안 물이 많다.
흘러나온 못 자국이 푸르다.
호수 아래로 오리는 눈을 감고
눈 속 파란을 꺼낸다.
물이 빠져 죽는다.
파랑에 빠져 죽는다.
양파는 겹겹의 침묵을
원으로 쌓고 있다.
사라지는 것의 모양이
그 안이 두렵기도 해서
우리는 증발의 거리만큼 사라지다
수심으로 떨어져버린 그림자다.
눈앞에 걸려 잠기는 것들
떼어내고 싶다.
모든 질서는 왜 파랗게 질려 있는가.
내가 없던 작은 호수에서
익사한 사람을 꺼낸다.
시간과 혼잣말이 껍질째 떨어진다.

깊숙이 어둠을 벗기면

빛의 시작은 양파의 생물성,

소용돌이를 그리다 멀지 않은 곳에 멈춘다.

양파의 결정은 단단해지고

물컵에 놓인 양파가 흰 뿌리를 뻗는다.

물이 물을 엎지른다.

파란이 파랑보다 먼저 쓸려가고

액자 안은 잠잠하다.

되돌릴 수 없는 마음이

양파 껍질처럼 벗겨진다.

주말의 명화

*

　잘못 온 부고 문자를 지웠다. 엄마는 양파를 깠다. 영화를 보는 내내 모두가 우스운 일뿐. 소품처럼 앉아 같잖게 어른 인 척했다. 환기를 하는 것이 좋겠어요. 문을 열고 나와 눈부 시게 맑은 하늘을 보았다. 새들은 자막처럼 흘렀다. 고꾸라 지듯 무중력 상태의 빨래, 똥 지린 할머니 팬티, 엄마의 브래 지어가 낭만적으로 낡아가고, 알몸의 감정들을 예감하는 이 모든 클리셰.

*

　남편 잡아먹을 팔자다 살까지 파먹을 년, 엄마는 언제부 터 엄마였는지 엄마는 뭘 잡아먹고 엄마가 된 건지, 늙은 여 자를 엄마는 천천히 껴입을 테니까, 나는 엄마를 잡아당긴 다. 엄마를 뒤집어놓는다. 낮게 파인 그곳을 보면서, 엄마를 벗긴다. 엄마는 없는데 양파들만 굴러나온다. 엄마가 있어 서 양파를 던지는 일요일. 양파는 속이 없다. 속이 없어 엄마 는 말이 없다. 우는 것을 말하고 있다고 해야 하나. 둥근 것 은 말이 없다고 해야 하나. 나는 머뭇거린다. 직선을 배워본 다. 직선이 고꾸라진다. 양파들이 우글거리는 숲을 들어올

린다. 엎어진 엄마를 일으켜 세운다. 엄마가 때린다. 할머니
가 운다. 엄마가 운다. 사람들은 팬티를 벗고 밥을 먹는다.
모두 검은 옷을 입고 믿는 자와 믿지 않는 자들이 모여 다 같
이 두 손을 모은다. 고개를 끄덕이다가, 끄덕이다가, 엔딩을
놓친다. 밤새 절벽에서 떨어지는 꿈을 꿨다.

도깨비바늘

콩나물을 사 오는 길에 지우개를 훔쳤다.
첫 도둑질이었다.
바짓단에 도깨비바늘이 달라붙고
뱀사초를 두려움 없이 지나쳤다.

손을 씻을 때 거울은 미신.
천장 등이 꺼질 때마다 나방의 이빨이 보였다.

버려진 손톱은 어디로 가는 걸까.
나의 바깥을 엿듣는 귀들이 생겨나
나는 나의 바깥을 떠돌았다.
문지방을 밟으면 저승이 보이는 걸까.

흰 실이 긴 바늘로 손을 따고
훔치고 싶은 게 늘어났다.
십이 색 중에서 빨강,
조합장 집 막내딸은 휠체어를 타던 아이,
누나의 빨간색 구두와 립스틱,
으르렁거리던 개의 이빨,

신데렐라가 눌어붙은 책받침.

반딧불인지 도깨비불인지 꺼지지 않는
녹색 빛이 나를 훔쳐보고
방죽을 걷는 밤길 조등처럼 보름달이 켜졌다.
그 아래 소리 없이 눕는 흉몽.

훔쳐야 할 것이 너무 많아
속아서 더 편한 날이었다.

신이 우리를 죽이러 올 때

가라앉는 방식을 생각한다.

낱말은 부레를 꿈꾸는
마음으로 떠오른다.

촘촘한 어항 속 몸을 말고 들어가
변기 속에 기괴하게 죽은
남자의 이야기를 떠올리다

지느러미는 깊이 없는 귀머거리,
가라앉는 양떼,
떠오르는 시체 더미,

내가 알 수 있는 것은
증식하지 않는 검은 헛바닥,
손톱에
무채색 매니큐어를 바른다.

뚜껑을 열다가

등 뒤로 떨어지는
그을린 꽃송이,
나는 꽃을 줍는다.

신이 우리를 죽이러 올 때
모든 걸 맹세했던
어떤 사랑은
가장 유순한 칼날이 되고

앞인지 뒤인지 모를
환형동물이 발밑을 긴다.
오렌지빛 원피스를 입고
몸을 빌려 입고
침대에 쓰러질 때까지

각도의 비밀

묘묘에게

여드름, 수염, 깃털이 쌓인 창틀,

고양이를 푹 고아 먹으면 관절에 좋다,
여자를 홀려 죽인다는 몽달귀신,
네 숨이 아홉수에 달려 있다는 비밀들,

아버지와 어머니 중 누구와 살 것이냐는
할머니의 물음에 나는 팔짱을 꼈다.

묘묘가 쥐의 머리나 새 부리를 가져다줄 때
나무의 살점을 뜯어 구멍을 내고
살얼음이 낀 걸음, 걸음,
세게 돌멩이를 찼다.

부끄러움은 여름성경학교에서 배운
나체를 가린 아담의 이파리,
종교는 깻잎 뒤에 숨어 있는 송충이,
엄마는 접시 위에 볶은 은행을 가져오고

나의 UFO는 떫은맛,
많이 먹으면 멍청이가 된다는데
먹기 싫은 은행들을 묘묘의 밥그릇에 털어넣었다.

당산나무 앞 돌탑을 사뿐히
무너뜨리는 묘묘,
얼굴 위로 방울뱀, 방울방울
빈 마디가 색색으로 하늘거리고
묘묘는 나를 쫓아오던 도깨비불을
이리저리 끌고 다녔다.
뒷집 마귀할멈이 던지는 돌멩이를 잘도 피했다.

*

묘묘가 집을 나갔다. 뒷산으로 묘묘를 찾아 나섰다. 개나
리들이 길게 늘어진 숲속으로 더 깊이 들어갔다. 고양이는
죽을 때쯤 집을 떠난다는 할머니의 말이 생각났다. 울창한
나무들이 듬성듬성 햇살을 되짚고, 가시덤불 터널 안, 어린
토끼풀, 달개비의 우묵한 귀 사이로 묘묘가 눈을 감고 있었
다. 집에 가자 배를 쓰다듬는데 꿈쩍도 하지 않았다. 엉덩이

에 깔린 물건들이 반짝거렸다. 찌그러진 돌 반지, 선홍색 립스틱, 뿌연 유리구슬. 우리는 나갈 수 없는 가시덤불 안에 누웠다. 유리구슬을 집어들자 그 안에서 빛 조각들이 물결쳤다. 원 안으로 빨려오듯 나뭇가지들이 수런댔다. 묘묘는 둥글어지고 서로 둥글게 밀어냈다. 나는 기대어 웅크리고 잠을 잤다.

*

묘묘가 따라오라고 꼬리를 살랑거렸다. 울고 있던 나에게 씨앗을 물어다주었다. 나는 둘로 갈라졌다. 기묘한 씨앗은 꿈속에서 나오려고, 짐승이 건드린 이파리들이 떨어지려고, 씨앗은 나무를 품은 목이 길어지는 각도. 사과의 꼭짓점은 나의 창을 열고 봄밤을 매단다. 사각사각, 마음을 갉아 먹을 수 있는 것은 사람의 문장. 이것은 고양이와 마귀할멈 이야기가 아니다. 잡아먹히기 전에 낙법부터 익혀야 했는데. 혼자 남겨진 묘묘가 사과를 굴리며 씨앗 속으로 들어가버렸다.

묘묘

엄마는 성당에 가지 않으면
잃은 양이 된다고 했다.

양치기 소년이 만지작거리는
피리 속,
스웨터의 보풀보다 먼저 일어난 겨울나무들이
그림자극을 한다.

아름다운 자리에만 벌레를 먹고
내가 도려낸 것은 바람의 방향
수풀 속에 퍼진 어둠,
잎맥 사이의 무수한 틈,
구릿빛 그물버섯,

주어진 것들을 이해하기 위해
나는 더 많은 귀를 잘라야 할 것이다.

묘묘가 다시 태어난다면
생명이 없는 먼지나

첨탑의 종으로 흔들리는 생각,
베개 속 거위의 깃털이거나

천사 따위는
철로 위의 시끄럽고 매끄러운
바퀴 소리 같은 것일지도

수염을 밀 때,
세반고리관이 가렵고

새들에게 모이를 주는
천사의 뒤를 밀면
영혼은
돌아갈 수 없는
여름의 과거를 생각한다.

맹수에게 뜯기는
초식의 시간이 헝클어진다.

난청을 앓는 나무들이
움켜쥔 발톱을 밀어올릴 때

묘묘는 귀들을 모조리 모아
개구멍에 가져다둔다.

물고기의 귀는 어디에 달린 걸까
거미의 귀는
바람이 가진 선 속에 있을 것

The Sounds of Silence

비 내리는 식목일
홍수가 삼키는 날개는
동물과 언덕과 나무들의 발굽,
흙탕물 위로 둥둥

환(幻)
땅따먹기, 알리바바와 40인의 도둑
문을 하나 더 만들어도
열리지 않아
동화책을 들고 늙어가는 누나
누군가 불빛을 비추며
자기 얼굴이라고 주문을 걸고

색(色)
고요를 좁히면 균열일까
맹인 악사가 만질 수 없는 악보
어둠이 폭우로 쏟아져 이전의 모든 노래는 휩쓸리고

낙(落)

불가능을 불러 모으는 범고래 울음
내뱉지 못한
마음의 해안을 떠나지 못하고
범람하는 추측이 고래를 묻는다

창밖을 내다보는 유령
장송곡이 없어 잠들지 않는 윤슬,
물고기가 뒤척이는 깊이는
먼 곳으로 흐른다

비(沸)

폭설에 내려앉은 나뭇가지
내가 들킨 무덤 앞 발자국
놀라 날아가는 몸속의 새들
시간과 그늘 사이 턱을 괴고

로즈 빌

바닥에 장미가 범람한다.
입안 가시가 모인다.

여자는 찻잔을 들어올렸다. 얼굴들이 뒤척이며 깨진 표정
이 장미 넝쿨로 뻗는다.
강물은 밤에 깊어진다.
수심을 걷는 잎사귀는
빨강을 벗는다.
가시는 열리지 않는 비상구.
여자는 손목을 그으면, 거대한 열매가 열리고
핏줄로 묶인 관계는 왜 끊어버릴 수 없는 걸까.
입술은 견고한 화상,
흉터 속에 있는 꽃의 틈.
포효하는 장미는 붉은 메아리
메아리,
울타리는 견고하다.

몸속에 가시를 들어올린다.
심장을 몸 밖으로 밀어낸다.

오르톨랑*

무화과는 인간이 최초로 재배했던
식물 그러나
마지막은 당신의 몫

꽃이 없어도 아름다울 수 있는
인간을 위해
시간 밖의 오후가
물의 살갗을 밀고

비 오는 날마다
서쪽 숲에 사는 마녀는
새의 눈을 뽑는 버릇이 있대

산 채로
깊은 항아리 속에 가둬놓는 거야

인간의 눈인지
새의 눈인지
알아볼 수 없을 때까지(알 수 있는 건 신의 눈)

알 수는 없지

실은, 무화과의 꽃은
낮밤이 없어진 새의 둘레 같기도 한 거지
빛을 보지 못하는 새들에게
백일 동안 무화과만 먹이고
폐 속에는
무화과 씨앗이 전부 자라면
새가 익사할 때까지
사과 브랜디 속에
가능성을 반복하는 거야

완성된 오르톨랑은
머리통을 손으로 잡고
아주 천천히 폐와 위를 씹어야 한대
(잔인하다고 생각하지는 마)

새에게서 영혼을 발라냈으니까

신에게 들키지 않기 위해
흰 천을 뒤집어쓰지

신에게 들키기 위해
흰 천을 뒤집어쓰고 기도하는
인간들은
누가 영혼을 끄집어내는 걸까

배교가 없는 새들은
발목이 없다

* 프랑스 요리 중에서도 가장 잔인한 음식으로 알려져 있다. 영혼
  을 구원하는 음식이라 불릴 정도로 맛이 유명하며, 신에게 죄의
  식을 들키고 싶지 않아 머리에 흰 천을 뒤집어쓰고 먹는다.

배꼽의 기능

물속의 첫, 원을 그리며
아무 생각이 없는 천사가
숨을 내쉬면 나도 내쉬지
과실의 꼭지를 툭, 하고 돌려
깊은 심해로 나를 떨어뜨려
올 풀린 전생을 얻은 것
배꼽은 옥상 위에서 아래로
내려다보면 보이는 마음 같아
죽지 마, 나를 당기는
붉은 실은 끝없이 이어져 있는 것 같아
나의 쓸모를 알 것 같아
후벼 파면 아프고
내 얼굴보다 더
울고 있는 얼굴이 있을 것 같아
엄마가 남겨둔 구멍
슬픔의 퇴화 속에 가만
가만히,
손가락을 넣어본다

얼굴이 기억나지 않는 사람을 어떻게 불러야 할까

주머니에 손을 찔러넣었다. 그 어떤 얼굴도 만져지지 않았다. 집으로 가는 길이 생각나지 않았다. 죽은 이들이 나에게 말을 걸었다. 실종된 사람들이 몰려왔다가 사라졌다. 모든 배경이 통증을 파냈다. 눈이 묻은 사물들이 나를 통과했다. 얼굴이 없는 사람들은 어디로 가는 걸까. 새들이 데리고 가는 것은 아닐까. 새들의 발자국을 따라가보았다. 벌목된 숲, 식물들이 새들의 발목을 움켜잡고 있었다. 그림자를 먹어치우면서 새들을 놓지 않았다. 새들을 주머니 속에 넣으면 지워진 얼굴들과 모르는 얼굴들이 많아졌다. 바닥으로 떨어진 깃털은 빛을 말아 올린 새들의 혀. 해가 지는 쪽에는 실어(失語)가 있다고. 빛의 그물 밖으로 빠져나갔다. 빛들이 가진 여러겹의 목소리를 알지 못했다. 잊고 싶은 말들은 기억나지 않는 얼굴이라 했다. 쓸쓸한 얼굴들이 숲을 이루고 있었다.

제 3 부

소년과 물보라

인면어

산 자와 죽은 자를 화해시키는 것이
영매라며
잿빛 겨울을 나는 웅얼거리는
자장가로 지냈다.

할머니는 내게 여자 손이 들어올 거라 했다.
뿌리 없이 자란 잎들이
양 볼을 휘감는 고해의 밤
나를 내려다보던 여자는
물갈퀴가 달린 손,
성기가 두개 달린 여자였는데,
뿔이었나 싶기도 한데,
사타구니에 불을 지르고 갔다.

신을 받지 않는 내가
야단이라도 맞을까,
밑그림 없이 자라는 성체들을
연필깎이 구멍 속에
집어넣는 생각,

시곗바늘과 함께 돌리면,
그림자 위에 올려지는 인간들

문득문득 나는 물비린내,

물풀과 수면 사이를 묶는
물고기의 윤곽,
여자와 남자를 구분하는 시간은
빛을 오리는 검은 가위질
고래의 탯줄을 달고
가슴속 목소리가 부푼다.

우리는
심해 속에서 끝없이 노래를 부르는
세이렌의 후예,
내가 본 여자는
가녀린 흰 손가락으로 하프를 뜯지
한숨이 홑겹으로 벙글어
Lascia Ch'io Pianga*

긴 속눈썹은 안개 속에서 시든다.

젖은 음표들이 입속에 우글거리는 밤
알몸으로 물 위를 걸으면
아가미를 자른 인어가
나를 삼킨다.

* 헨델 「울게 하소서」. 18세기 매해 수천명의 소년이 카스트라토가
  되는 과정에서 죽거나 불구가 되었다. 주로 가난한 집안의 아버
  지들이 파리넬리의 성공에 고무돼 노래 잘하는 아들을 카스트라
  토가 되게 했다.

밥알을 넘기다 수저를 삼키면

우리는 수저 없이 밥을 떠먹습니다.
손이 없어도 나는
가장자리 잎을 흔들 수 있고
밥상에 달그락거리던 저녁을 훔칠 수 있고
모든 고백이 떠밀려오는 겨울밤
아무 일 없이 마주 앉아
식은 뭇국을 떠먹으면,
죽은 그대를 불러와
나란히 수저에 얼굴을 올리면
나는 목이 멥니다.
배고픈 나의 심장을 내밀어보면서
오른손으로 수저를 들어보면서
고개를 숙여 목구멍으로 허겁지겁
주검들을 넘기다가
아, 나는 뜨거워
왼쪽과 오른쪽 슬픔의 얼굴이
다르다는 것을 알았습니다.
창가에 날리는 쌀알만
꼭꼭 씹어 뱉어내고 싶었습니다.

강신무

일력

나는 앉아서 오줌을 누는 천사로 태어났으니,
성기를 모두 가진 은행나무
은행알은 데굴데굴 굴러서
입구가 있는 것은 모두 썩는다.

수목의 방

썩을 년, 고무 대야에서 신딸이 할머니 시신을 뜯어 먹을
것이다.

어쩌면 가위눌림은
자귀나무 분홍들이 눈꺼풀 위로 떨어지는
인간을 잊고 싶은 꿈,
꿈은 자를 수 없어 눈을 감게 하지.

두 눈을 빼 간다는 눈알귀신이
사지를 자를까봐
죽은 동생이 먹었던 미음을 씹듯
생쌀을 혀끝에 올린다.

망자의 얼굴을 흰 천으로 가리는지

할머니는 여자가 아니고, 사람도 아니고, 어느 쪽으로 기울어 있는지 궁금해, 작두날을 얼굴에 대고 연풍을 돈다.* 지문이 돈다. 압정들이 박힌다. 뱀의 혀가 두동강이 난다. 목이 돌아간다. 눈먼 동생이 바닥을 기고, 어둠을 바른다. 설태 낀 혀들이 귀에 걸린다.

어둠이 커튼 사이로 고개를 든다.

나는 커튼을 젖히고

겨울 밖은

어긋난 일기.

오늘은 눈 온 뒤 흐림.

* 접신(接神)하기 위해 도는 행위.

용서

믿지도 않는 신에게 기도했다.
텅 빈 고해소에서
쉽게 하는 고백이 있었지,
자살을 쉽게 하는 방법을 나눴고,
목을 매달아 죽는 사람, 연탄가스를 마시거나,
옥상 팔층은 되어야 하지 않느냐고,
아니, 불에 타 죽는 것이 가장 아프다는데
완벽하게 자살하는 방법에
까짓것, 네가 그럴 용기 있어?
나는 크게 웃었다.
네 부고를 듣고,
죄들이 손바닥 끝에서
붉고 투명한 귀들로 자랐다.
종일 두 손을 모으는 것일지도 몰라
사라지기 위해
죽음을 듣는 마음이 있어서
들리지 않는 것이 있어서
눈꺼풀을 닫으면
죽음이 필요해진다.

겨울, 불어오는 잎들이
한밤의 불면으로 들어가
오직 하나밖에 없는
인간이라는데,
견딜 수 있는 것들만 고통을 준다는
신은
없다.
그것은 사물의 시작
사람이 끝에 매달리는 것
불쑥 찾아와 사라지는
죄를 사해주세요.
내가 정말 그를 죽인 것 같다.
밤이 나의 비밀을 서성인다.
아프지 않게 눕는 인간의 방향으로
나는 누웠다.
죄 없는 기도가 지속된다.
신부님이 없는 고해소에서
신이 없는 고해소에서

항문이 없는 것들을 위하여

나무,
항문이 없는 것들을 생각한다.

천사 또는 기생충,

배를 가르면
나는 사려 깊은 여성이 된다.

성별이 없는 것들은
죽기 직전의 얼굴

교수대 아래,
단번에 잘리지 않는
사형수의 머리를 생각하고

모두 불타 죽어버리자,
귀싸대기를 날리는 아버지의 힘을,

헐거워진 어둠이 나를 벗기고

정수리를 뒤집어쓴다.
나는 눈이 하나 없는 귀신,
나의 반쪽은
불타오르는 성냥개비

무너지는 것은 보이지 않고
위태로운 것은 아름답다.

손목을 그으면
불가능한 언덕을 향해
흩날리는
낱장의 속눈썹들
나는 사려 깊은 여성이 되어
변기에 앉아
멀리 두고 온 항문을 생각한다.

항문을 가진다는 건
가장 살고 싶은 죄의 밤이지.

무성(無聲)의 밤은 나를 구기고

오므렸다
편다.

사람은 물고기처럼 물속에서 숨 쉴 수 없나요

물이 필요해요. 서 있기 위해. 수초를 보고 있으면 나무에 비늘이 자라는 기분, 쨍그랑! 유리가 깨지는 건, 숨을 떠올리고 있는 일, 그대로 눈을 감으면 인어가 되는 일, 미끈거리는 생각이 벽을 타고 바닥을 건너 변기를 지나면 물고기란 물고기는 다 만날 수 있겠죠. 책을 넘기다가 손가락에 묻는 연분홍 지느러미, 인어의 심장을 떼어내는 꿈을 꿔요. 사람의 형상으로 그려진 짐승이에요. 물속에서 탯줄로 숨 쉬는 법을 배웠다지만, 배 속을 뒤집으면 은색 아가미가 떨어져 나오겠지, 아가미를 만지면 태초의 노래를 잃어버렸다는 생각, 먼 곳, 재와 뼈를 가득 싣고 오는 만선, 침몰하는 고요, 소용돌이 속으로 사람들이 사라지는데, 고요가 지워지는 비밀을 누구도 알려주지 않고. 인어에게 물이 없으면 이곳은 묘혈일까 저수지일까. 두 손으로 얼굴을 덮고 집에서 집으로 가는 길을 잃어버려요. 진흙 안에서 석달 동안 멈춰 있는 폐어를 생각해요.

기원

엄마는 신에게 받은 선물이라고 했다,
사람답게 살게 해준 의사 선생님에게,

귀신이 정말 있어요? 신이 있어요?

창가에서
보름 전에 죽었던 새의 성기가 보이지 않은 것 같은데,

나는 면죄부를 받았는데
매질은 시작된다.

나는 이미 죽은 자들이 궁금하다.

그때엔 세 종류의 성이 있었대*

귀신은 속옷을 입어? 거기가 둘인지?

나를 찢고 나온 나방들
나는 우아하다.

형광등 속으로 들어간다.

* 사랑의 기원, 등이 붙어 하나 된 두 소년, 그래서 해님의 아이, 같
  은 듯 다른 모습 중 돌돌 말려 하나 된 두 소녀, 땅님의 아이, 소년
  과 소녀가 하나 된 달님의 아이들, 신은 육신을 반으로 찢어놓았
  지, 우리가 어떻게 외로운 두 다리 생물이 되었는지에 대한 슬픈
  기원이 있지.

서랍의 배치

꽃은 서랍 속에 있다.
무화과는 열리지 않고
모든 건 공간의 배치
서랍을 여는 힘은
침묵을 움켜쥐는 물성
서랍 안에는 바깥에서 태어난 것들만 있지.
서랍이 열리고 닫힐 때
사람의 얼굴이 아, 하고 열릴 때
옆자리는 비어 있다.
닫히는 순간 흘러가는 서랍이 있을 것,
전말이 없이 각을 버릴 것,
뚜껑을 닫고 마음이 없는
서랍을 열고 조용히 눕는 경계
서랍 속에서 우는 내가 있고
잘못 적힌 이름만 있고 이불의 뒤척임만 있고
하나 나를 열고 나갈 수 없는 일
움직이지 않는 힘으로
입구와 입술은 무너진다.
슬픔으로 채워진 것들은 봉인되지 않아

한번에 사라졌다가
채워지는 서랍들이 놓인다.
나는 기록을 버리고 싶어서

소금 달

잠든 엄마의 입안은 폭설을 삼킨 밤하늘,

사람이 그 작은 단지에 담길 수 있다니
엄마는 길게 한번 울었고,

나는 할머니의 마지막 김치를 꺼내지 못했다.

눈물을 소금으로 만들 수 있다면
가장 슬플 때의 맛을 알 수 있을 텐데

둥둥 뜬 반달 모양의 뭇국만
으깨 먹었다.

오늘은 간을 조절할 수 없는 일요일.

침례 2

우리는 툭하면 공을 던지고
서로를 맞히려 했지.
그러다
조용히 피하는 법을 배우고
서로가 서로를 알아보지 못할 때까지
공만 무수히 늘어나고.

유리의 서

　도토리를 주워 그녀의 손바닥에 올려놓았다. 버섯이 자라는 소리가 났다. 이 도토리를 허블이라 부르자. 수백년 전 우주를 보던 눈이 녹슬면서 작은 우주가 시작된 거야. 가장 먼 우주를 그녀에게 보여주었다.

　그녀가 빵을 먹는 모습이 내가 점성술을 말하고 있는 것 같았다. 너희들은 인간의 증거를 찾을 테지만, 유성은 천사들이 놓친 유리잔 같은 것, 사람의 얼굴이 깨지기 전 빠져나간 푸른 빛 같은 것 말이지. 오로라가 너를 덮고 네 숨이 다하는 걸 지켜보는 나는 젖은 나뭇가지들이 밀려오는 해안에서 소라를 듣고, 줄기로 올라온 네 입맞춤은 결빙되는 꽃잎네장,

　성호를 그을 때 끝없이 떨어지는 검은 문들이 열리고, 불투명한 유리를 가진 인간은, 투명한 유리를 만들었지, 겨울이 오는 숲에서, 섞이고 뿔뿔이 흩어지고, 매만지고, 무수히 많아지는 손과 눈을 이해하기 위해, 대성당의 시대가 찾아왔어*, 사랑으로 쌓은 탑을 무너뜨리기 위해,

　나는 그녀의 눈을 유심히 보았다. 자세히 보니 동공은 인

간의 것이었다. 그녀가 보고 있는 내 동공은 인간의 것일까 유리의 것일까. 그녀는 내 귀에 대고 속삭였다. 도토리만 한 겨울이 보이니, 나의 가지를 흔드는 눈동자야. 우리를 엎드리게 하는 떡갈나무 아래, 작아서 보이지 않을 때까지 우리를 작게 만드는 거대한 유성이 꺼질 때, 가장 먼 우주는 반딧불 속의 네 동공, 반짝이는 돌멩이, 그녀는 푸른 눈 한쪽을 빼어 나의 눈과 바꾸는 것이 좋겠다고 했다.

* 음유시인 그랭구아르.

손금

가지를 부러뜨린 자리
눈송이가 손바닥에 걸린다.
꽃을 걸고 맹세했던 자리
겨울 가지 끝에서
서로 통점을 보여준다.
손금은 어디로 향하고 있는지
깊어질수록 어긋나는 저쪽
젖은 달을 물고 온 까마귀는
필기체로 앉는다.
처음부터 오른손의 가지와
왼손의 가지는 다르게 적힌다.
운명을 문지르듯
부러뜨린 즉시 돋아나는 해석들
오늘 너는 안녕,
사랑을 실패할 운명.
손금은 지나간 사람을 움켜쥐려다
흩어진 겨울의 천변,
손 흔들며 안녕,
그의 손바닥을 들여다볼 때

손금이 서서히 보이기 시작해 금 간 손바닥을
내게 천천히 맞추어보는 것.
빛나는 슬픔을 훔쳐보는 것.
원래의 너는 안녕,
실패한 마음도 사랑할 운명.

인어가 우는 숲

　나는 여자의 알몸을 처음 보았다. 등으로 서로를 껴안는 장면을, 미끄러지기 쉬운 포옹, 서로를 내주는 희미한 욕실 풍경이 거울 밖으로 번져나오고, 눈가에 흐르는 강수, 물속을 뚫는 나무들, 하늘에서 내려앉는 날치떼, 서녘 하늘을 벗기는 별자리 없는 구름, 강과 바다 사이 몸을 빠져나온 잔상이 강으로. 빈 곳이 너무 많다, 꽃그늘이 시든다. 뼈만 남은 그늘 속, 할머니의 머릿결에 검은 물을 들이는 엄마의 뒷모습이 첨벙거린다. 별들은 언 몸을 녹이려 지붕까지 닿는다. 강으로 돌아가려는 파닥거림을 씻어낸다. 할머니가 어둡도록 눕혀놓는다.

　집에 갈 시간이야, 자작나무 숲에서 빠져나온 그림자는 물보라를 일으킨다. 엄마로 거슬러가는 길이야, 수면 위로 인어들이 올라온다. 할머니의 긴 잠이 물 위에 뜬다. 할머니의 때가 뜨고, 더이상 벗겨낼 곳이 없어, 엄마가 엄마를 보내는 동안 빈틈없이 사나워지는 눈발, 늘어진 할머니의 알몸 앞에서 눈을 감아버렸다.

　늙는다는 건 비밀이 많아진다는 거, 더 늙어 아무도 알지 못하는 곳에서 굵은 눈발이 숲을 흩뜨린다. 까마귀들은 은백색 물감에 깃을 턴다. 발자국은 보이지 않고, 잠 속에 걸어가는 사람을 눈송이라 부른다면, 주검을 피워 올릴 수 있다면, 영면 위로 눈꽃이 부딪쳐 내리네, 잠을 자면서 겨울을 넘기네, 두 여자를 가리는 뽀얀 수증기, 짙어지는 검은 눈동자, 이끼들만 걸어나오고……

스노우볼

앞지르려고 한다
나의 늙은 개가
헐떡이며 눈길을 걷는다

눈동자 안 유리 속으로
수없이 기억이 쌓이고
더이상 견디지 못할 때
콰직 —— 깨져버리는 세계

사람이 죽게 되면 함께 살았던 것은
우르르 달려나와
멀리서 눈빛만 보고 알아볼 수 있을 것 같아
먼저 가 꼬리를 흔들고 있을 것 같아
입김은 서두르지 않고

누군가를 버리고 가는 마음은
울기 직전의 눈썹
가장 살고 싶을 때의 표정으로
우리는 두 발이 움푹 ——

눈밭의 깊은 곳에 살자고 했었지

젖은 당신의 눈가를 떠올린다
눈이라는 단어를 지우면
나는 완성될 수 없는 문장
괄호 안이 비워진 마음으로
눈이 먼 다정한 손으로
무엇인지 모를 것들을
둥글게 뭉쳐 던진다

왈칵 —— 쏟아져버릴
유리의 세계로

당신은 안녕하신가

문조(文鳥)

주검이 한 손에 잡힌다.

새가 이마에 닿으면
당신의 눈썹은 사람이 닫을 수 없는
불투명한 유리창,

숨의 바깥은
창문 안쪽에 있고
숨의 안은
날카로운 칼끝에 있다.

끝을 조각하는 숨에 갇힌 목,
새의 목숨을 감싸
목에서 숨까지 편다.

가슴털이 부드럽다.

나는 심장을 끌어안고 눕는다.

사랑의 뒷면

참외를 먹다 벌레 먹은
안쪽을 물었습니다.
이런 슬픔은 배우고 싶지 않습니다.
뒤돌아선 그 사람을 불러 세워
함께 뱉어내자고 말했는데
아직 남겨진 참외를 바라보다가
참회라는 말을 꿀꺽 삼키다가
내게 뒷모습을 보여주는 것
먼 사람의 뒷모습은
눈을 자꾸만 감게 하는지
나를 완벽히 도려내는지
사랑에도 뒷면이 있다면
뒷문을 열고 들어가 묻고 싶었습니다.
단맛이 났던 여름이 끝나고
익을수록 속이 빈 그것이
입가에서 끈적일 때
사랑이라 믿어도 되냐고
나는 참외 한입을
꽉 베어 물었습니다.

수묵

단풍들이 저녁을 흩뿌렸다.
귀는 멀미를 앓고
할머니는 부적을 썼다.

들어본 적 없을 목소리가
지붕 끝으로 지나가고

우기마다 얼굴을 더듬거리던 검은 손,
씻김굿이 시작되고
다리 없는 새들이 날아다녔다.
머리카락 속,
작은 모서리가 짓물렀다.

할머니가 칼을 물고 있는 동안
거대한 둥근 붓이 나를 수묵 쳤다.

영혼들은 검은 발굽을 가졌으니

쌀알에 찍힌 뾰족한 발자국으로

죽은 사람이 무엇이 되었는지
알 수 있다고 했다.

수묵이 되었거나 날짐승이 되었거나

할머니는 날갯짓을 하다가
개처럼 울부짖었다.

모두가 머리를 조아렸다.
신이 왔다고
웃기도 하였다.

살아 있는 것에 가리어지는
가을 하늘.

오,라는 말은

사람이 손가락이 다섯개가 달린 것은
꽉 끌어안으라고 있는 거야

엄마가 할머니를 끌어안듯
고래고래 우는 그런 밤
맞잡은 두 사람의 손
움켜쥘 수 없는 검은 빛
반음씩
내려가는 건반

손을 꽉 쥐고 태어나는 인간은
지울 수 없는 슬픔을
듣고
말하고
세라고
다섯개의 손가락을 가진 것

내가 가진 오르간을
누른 적 없어

서툰 슬픔을
오,
다섯 손가락이라고 부른다면

신이 내게 준
촉수같이 갈라진
열개의 손가락을 가지런히 모아

오, 신에게 기도하는 엄마는
오,라는 말을 닮았지

둥근 눈동자를 마주 보고 있어도
할머니가 보고 싶은지
엄마는 슬퍼할 수 없는지
그렇게 살아도 되는지
물을 수 없어

오, 할머니 가슴에 안긴
엄마의 눈이 어린아이 같아서

오, 싫증이 나는 것들은
나를 왜 울게 하나

오, 신이여
엄마라는 말은
밤의 실족사
발을 헛디뎌 떨어져 죽을 일도 없지
오,라는 말을 하게 하지

엄마라는 말은

제 4 부

여름의 캐럴

적화(摘花)[*]
아오리가 있던 여름

모르는 당신에게 어둠을 돌려주고 오는 길, 서늘한 길은 기울어 잠이 들고, 비 오는 과수원이 활시위처럼 나를 당깁니다. 벌레의 눈으로 걸음으로 별을 옮기는 밤, 저의 음색은 낮을 사랑한 별자리입니다. 걸어온 길은 갈변되고, 지키지 못한 사과들이 굴러와, 어둠을 할퀴고, 투신하는 사과 속으로 그어지는 연붉은 적화

형제들과 둘러앉아 노래를 잇지, 모닥불을 피워 악몽을 잊지, 짐을 챙길 즈음 여름이 익고 여치를 튀기면서 가을이 오지, 자세히 보면 추악하고 멀리서 보면 그리운 것, 그대를 껴안고 얼굴을 묻지, 좋은 맥주에선 홉내가 나고, 좋은 사람에겐 흙내가 나지, 호기로운 건배로 인사를 하자, 벌써 옛일이다

재가 날리네, 박차에 찍힌 말은 놀라 달리고, 들판의 달빛은 녹아가는 빙하 같지[**]

텅 빈 가지들이 눈을 가리는 누군가의 긴 노래

아오리가 익어가, 툭, 툭, 등 뒤로 사과꽃이 떨어져, 두 눈이 붉어지는 것은 자꾸 뒤를 돌아보게 만드는 일이라, 오래

도록 저물어야 알게 되는 늦여름의 일이라, 누군가는 금방
잊게 되는 붉음,

　　누군가는 부푼 계절을 붙들고 오래 살고 싶은 붉음,
　　과육을 도려내듯 칼끝을 숙여
　　그리움의 알몸을 베어내고
　　사과 반쪽을 입속에서 입속으로 옮기면
　　내 안 붉음이 넘실거려
　　단물을 입속에 오래 맡깁니다

　　나는 변치 않는 물빛을 바스러뜨리고,
　　발목을 걷고
　　당신 모르게 입술에 핀 꽃까지
　　톡, 톡
　　따주고 싶은 적심(赤心)

　　* 열매의 품질을 높이기 위해 꽃을 솎아내는 일.
　　** 이 시를 위해 김재현 시인이 문장을 보내주었다.

겨울 귀

강의 지느러미는 차가웠다.
나는 아버지와 지루한 낚시를 떠올렸다.
탁, 비어 있는 낚싯줄
걸려든 물음표.
아버지는 있는 힘을 다해
얼음 구멍을 팠다.
고놈 씨알이 장난이 아니네.
붕어의 눈, 송이는 캄캄해지고
뭉친 떡밥처럼 눈보라가 휘몰아쳤다.
아버지 귓속에 꾸역꾸역 집어넣었던 물고기들
낚아 올리고 싶었다.
두꺼운 얼음장 속,
붕어들이 헤엄치는 그림자를 따라가보고 싶었다.
뻐끔뻐끔 붕어가 우는 겨울밤이었다.
국화잎을 가지런히 모아놓고
산 자와 맞절을 했다.
아버지와 내 눈에는
고요히 바닥이 차오르고

*

할아버지의 커다란 귀에
웅얼거리는 아버지를 보았다.
아버지의 귀에 대고 물어도 될까.
잠깐 일어나봐요, 아버지
숨이 끊겨도 사흘 동안 살아 있는 것은 귀라는데요,
아버지가 듣고 있던 건 담글 수 없는 강물이어서
강둑을 지나면
우리의 그림자를 떠는 솔부엉이 소리를 덮고

마지막까지 살아 있던 건
붉은 나의 두 귀를
감싸던 아버지의 손이어서
이명으로 떠도는 나는
나를 미뤘다.

아버지의 들썩거리는 등에
내 얼굴을 실컷 묻고 싶었다.

툰드라의 유령 1

폭설은 어둠의 뼈를 갈아내는 힘,
연소되는 흰 꽃들의 허공.

첫딸은 눈에 파묻어야 한다는
할머니의 눈을 피해 어머니가 나에게 젖을 물리는 순간
오로라가 하늘에서 빠져나갔다.

바다표범들은 잃어버린 상아를 찾으러 갔다.
달이 자라나는 방향을 따라
나의 귀밑샘이 부어오르고

아버지의 썰매를 끄는 개들의 눈빛이
허기졌다.
얼음 섬을 찾지 못한 물개를 지나
　할머니의 풀어 헤친 머리카락이 밤새 꿈을 꾼 주문처럼
흘러다녔다.

　세상 밖, 더 멀리 떨어진 곳으로
죽음을 내려놓고 오는 그들의 방식.

에스키모인들에게 주어진 삼일*

한방에 심장을 겨누어야 한다.
방아쇠를 당겼다.
눈보라와 비명들이 죽은 모든 것을 불러냈다.
망설임 없이 배고픈 개들을 풀어놓는다.

얘야, 뒤를 돌아보지 말거라.
아버지의 큰 덧니가
설원 위로 돋았다.

* 에스키모인들은 자기 부모를 잡아먹는 곰을 지켜보고 있다가 그
   곰을 잡아 삼일 만에 요리하여 먹는다고 한다.

툰드라의 유령 2

얼어 죽기 좋은 날이었다.

눈밭에 세워놓은 칼에서 언
물개의 피가 유리알 같았다.
늑대가 오고 있었다.
눈알들이 석류알로 터지고
피 냄새를 맡은 늑대들이 칼날을 핥기 시작했다.
달과 해가 서로 마주 앉은 곳,
혓바닥이 잘려나갈 때까지,
나의 송곳니로 혀를 깨물었다.
야생의 살기(殺氣)를 믿는 순간이
우리의 신앙이 되었다.
아버지 제가 죽였어요,
저 늑대를요.
칼날이 숨을 지나갔어요.
손을 펴지 못했다.
이가 검게 물들었구나.
주검을 끌고 오는 게 너무나 무거워요. 무서워요.
아버지는 외뿔고래를 잡기 위해

쉼 없이 독 바른 작살을
내게 쥐여주었다.
카약을 타고
고래가 지칠 때까지 달빛을 저으면
수컷 고래의 뿔이 떠올랐다.
태어난 곳이 우리가 버려질 곳이라는 걸,
허공을 따라가면
겨울의 껍질을 말리는 정령들이
우리가 가고 오는 길목이 보이나요.

아버지는 핏물이 언 창살을 모닥불에 녹이고 있었다.
나는 머리가 없어진 외뿔고래의 뿔을 이마에 대었다.
물뱀자리가 가물거렸다.

묻다

어느 산짐승이 너를 데려갈지도 몰라
우우 울음이 났다.
너를 심었던 곳에서 너에게 묻는 밤
감기지 않는 두 눈을 끌어안고
어머니와 힘껏 땅을 팠다.
몇 걸리는 돌덩이가 파지지 않아서
이쯤이면 되겠지
처음으로 산 것을 묻었다.
어머니와 나는 이미 알고 있었다는 듯이
우리는 짐승처럼 슬픔 없는 인사를 하고
꽃에서 멀어지는 순간 죽어가고 있다.
너는 꽃이 아니므로 다시 피지 않을 거라
오래도록 나를 기다리지 않을 거라
언젠가 단 한번 올 시간이라
어머니가 가지런히 흙을 메웠다.
정해진 시간이었으니 모른다 했다.
하늘에 살빛 조각들이 날릴 때
우리는 시계 방향으로 돌아섰다.
컹컹 두 귀가 들리지 않을 때까지

갸르릉 두 눈이 안 보일 때까지
나를 찾아 건너올 수 없는 먼 곳
발자국 없는 모습이 길게 밀려나고
우리는 산길을 내려간다.
어둠이 내 뒤로만 오고
너에게 묻었다.
모든 것이 정해진 날들이라 믿었다.

거인
툰드라의 유령 3

고래의 기름등잔을 오래도록 들고 있었다. 거인이 끌려오는 밤, 우리는 둥글게 모여 앉았다. 상처 입은 고래가 바다에 떠돌다 해안가에 밀려왔다. 해변에 닿은 고래가 파도에 찰랑거렸다. 수십명의 사냥꾼이 개들과 함께 고래를 질질 끌어올렸다. 붉은 숨이 모래사장에 길게 끌려나왔다. 사람들은 신이 났다.

별들은 예언처럼 바닥에 깨져 있었다.

나는 고래에게 울음소리가 있다는 것을 처음 알았다. 마지막 숨을 고르는 거인의 눈빛처럼, 엄마가 만들어준 고래뼈 귀걸이가 다정하게 흔들렸다. 횃불이 난무하던 시간, 늙은 샤먼이 북을 두드렸다. 거대한 전설은 바다 깊은 곳에 있지. 왼손으로 고래의 커다란 눈을 감겼다.

끝이 알고 싶다고 말해,
의심은 세상에서 가장 날렵한 지느러미,
거대한 무덤들이 비문도 없이 파르르 해안가로 딸려오고
있다는 걸,

자궁 속에서 죽은 새끼 고래가 가장 편안한 자세라는 걸,

끝내 혼자 남아 고래의 눈을 마저 감겨주었다.

우리는 물장난, 암흑 속에서 흔들리는 자갈은 수심의 단말마,

바다의 끝을 알지 못하는,

숨구멍에서 뿜는 물보라가 비눗방울 같았다.

그날 밤 숨소리는 꿈으로 달라붙었다.
잘 자,
찬란히 해를 맞이하는 일.

서서히 사라지는 옆을 느끼는 불면은
소라의 열리지 않는 입.
입을 크게 벌리고 고기를 먹던 사람들,

모든 무덤을 다 먹어치우면서
우리가 살게 된다는 걸,
무덤들이 모이고 생명은 번진다.

나의 저음은 숨을 참고 있는 고래.

거뭇거뭇 겨울볕 속을 거닐다
짐승들이 버린 고래의 속눈썹을
이어 붙이는 생각을 하면서
콧노래를 불렀다.

두개의 분수공
뼈만 앙상하게 남은 고래가 나를 헤엄쳐
대서양을 빠져나가고.

소멸하는 밤

깨진 거울은 나무가 되고 잠들이 무너지는 밤, 조등이 내게 걸어오고 이승에서 저승으로 돌아오는 길, 나는 휘파람을 붑니다. 밤과 잠을 그리며 새들은 나와 나란해집니다. 설명되지 않은 것 따위 겁이 나지 않느냐고 돌아와야 하는 거실은 불이 켜지는데 창밖, 영혼이 하나씩 생겨날 때마다 그믐은 나의 이마를 씻깁니다. 다시 태어날 수 없는 사람들은 별자리로 떠돌다 목을 맨 유성으로 떨어집니다. 서걱서걱 눈발 소리를 견디려 밤새 귀를 기울여도 무너지는 것들만 있어, 이파리들이 눈송이를 비비는 밤길, 양손으로 두 귀를 막고 서서 몇개의 잎사귀가 남았는지 나를 더듬어 확인합니다. 되돌아올 수밖에 없는 혼은 잎이 진 채 겨울을 납니다. 당신의 잠은 무엇이냐고, 다시 꿈을 꾸어도 되느냐고 사룩, 사룩 눈 결정이 서린 나무가 입술을 글썽이던 삼일이 이내 지나갔습니다.

늦잠

죽은 할머니와 고양이가
눈 밟는 소리에 깼다
눈곱을 떼며 문을 나섰다.

늦잠이 없는 것들은 벌써 일어나
가버렸나,

저 눈 고개를 넘어 주검 속을
다녀올 수 있다면
내가 서두를 수 있다면
미안, 내가 많이 늦었다고

인간에게 잠이 없다면
어떤 이별도 없겠지.

나는 잠이 들 때마다
그곳에 갈 수 있다.

뱀주인자리

할머니는 태어나지 말았어야 할 것들이 있다고 뱀의 머리를 밟습니다. 울음이 가득한 눈동자 너머 죽은 자들이 보이는 가을입니다. 은행알과 사람이 썩은 냄새를 구분 짓는 십일월은 넘어가지 않고, 세상의 모든 알을 깨뜨려도 넘어가지 않는 수수께끼. 어머니의 미싱은 돌고 나는 스무고개를 시작하는데, 어둠을 낳는 뱀의 알, 새의 알, 사람의 알, 귀신의 알, 어지럽게 익어가는 봄빛, 뜨지 않는 별자리들이 한올씩 풀리고, 나는 터진 구멍 속에 들어가 동생을 데리고 나오려는데, 보름 전 나를 밟고 가던 귀신들이 내 손목을 잡습니다. 어머니 손금에 엉겨붙는 것은 신기 어린 할미의 동자, 어머니는 다시 배가 불러옵니다. 할머니는 금줄을 치고 있습니다. 짐승의 숨소리가 금빛 모서리에 걸립니다. 수의를 입고 가는 바람을 배웅합니다.

옷의 나라

새 옷이라는 말이 낯설었다. 여름성경학교에서 구원받은 자가 입게 되는 말을 새 옷이라고 들은 것 같은데 옷 속에 들어갈 수 없는 사람과 들어간 사람이 나누어졌다. 엄마, 속옷 같은 걸 주워 입어도 돼? 죽은 사람의 것이라면, 아, 누군가의 알몸에 닿은 것이라면, 속옷을 매일 갈아입을 수 있는 것이라면, 구원받을 수 없는 사람은 알지. 시옷 모양의 옷과 시옷 모양의 사람과 시옷 모양의 새는 옷 속에 잘 들어가고, 엄마 산다는 게 뭐야? 살면 살아지는 거, 가지를 쳐내도 징그럽게 자라나는 거지, 소매에 넣으면 길어진 나의 팔은 쑥쑥 자라 입을 수 없는 옷들만 수북이 쌓였다. 가끔 묘묘가 가져다놓은 생선 대가리를 빙빙 돌리면서 여기는 옷의 나라야, 까끌까끌한 장롱이 참 깨끗하던데요. 깨진 어항을 입으면 아플까. 피가 날까, 버려진 가방에 숨어버릴까. 엄마와 나는 밤새 하늘을 날았다.

종언
툰드라의 유령 4

 총알이 얼마 남지 않았다. 살아야 했던 날들이 그런 방식으로 당겨졌다. 이 숲을 곧장 따라가. 태양이 널 비출 것이다. 물개들의 울음이 아기의 비명 같았다. 같은 길을 걸으면 모든 것이 길어졌다. 백인들이 엄마를 사정없이 후려갈겼던 것처럼 나는 개들을 매질했다. 비명을 지르고 똥오줌을 싸는데도, 인간은 존엄하다는 아빠의 말을 믿었다. 집에 다다랐을 때 노파는 의자에 앉아 조금 더 늙어가고 있었다. 그림자는 보이지 않았다. 나에게 검게 그을린 옥수수를 건넸다. 씹어 삼킨 옥수수알은 짐승의 이빨 같았다. 곧 폭설이 우리를 휩쓸어갈 거야. 노파의 두 눈동자가 불길로 타올랐다. 방이 여러개 있었다. 선택되지 않은 날보다 선택된 날이 많았을 문 앞에는, 새장이 걸려 있었다. 부재를 기도할 때 날개가 돋아 사람들은 모든 걸 버리고 도망갔다. 노파는 반쯤 채워진 와인 잔을 들었다. 붉은 와인 잔과 녹아내리는 빙하와 오로라가 노파의 얼굴에서 교차되고 있었다.

빙점

나의 아홉살은 얼음 감옥,
쌀은 씻어도 묵은 냄새만 났다.

엄마, 사람에게도 겨울잠이 있으면 좋겠어요.
사람이 어는 점을 알고 싶어요,
지루한 속도는 언제 떨어질까.

겨울이 울음을 걸어 잠근다.
수도꼭지는 돌아가지 않고,
고드름 속,
거꾸로 달린 귀신들이 기어나와
나의 발목을 깨뜨리는 밤.
별점을 치는 뱀들을 불러 모은다.

지붕 위, 눈이 쌓인다.
백색 무덤이 될 때까지
우리는 까마귀떼와 시체놀이를 한다.

엄마, 새벽에는 밥 대신 슬픔을 안쳐주세요.

물 없이 얼마나 버틸 수 있어

견뎌, 나는 온 힘을 다해
잘못 태어난 것들을 떠올려도

나는 엄마가 더 아프면 좋겠어
시간에 연명하는 넝쿨 같은
인간 같은 거,
엎드려 죽이고 싶은 목록을 지운다.

천사들이
언 손에 입김을 불 때
슬픔은 바람이 불어오는 쪽을 견디는
겹겹의 눈,
무섭게 솟는 빛의 성벽들,
나는 머리에 유리 화관을 얹고요.

목화가 피어 살고 싶다고

시든 억새를 쥐고 당신에게 가는 길
눈구름에 입술을 그리면 어떤 슬픔이 내려앉을까
눈사람을 만들 때 당신의 눈빛이 무슨 색으로 변할까
은색의 숲이 심장이 뛰기 시작해
몸속에 목화들이 우거져
당신에게 가는 문병은 어디로 휘어질까
마른 목화솜을 쓸어 모으면
마음엔 서리지 않는 유리 입김,
단 한번 몸과 기쁨으로 이루어져 있다고
살려주세요 빌 수밖에 없는
사람의 몸과 캐럴의 종이 울던 밤
솜 같은 당신을 안아보았지

한 사람을 지우기 전에 이 슬픔이 끝나기 전에
한 문장만 읽히고 있었어 사는 거 별거 있었냐 그냥,
목화가 피어 울고 싶다고 살고 싶다고
그래, 엄마, 잘 자

소년의 태도

누이와 문병을 다녀왔을 때의 일입니다.
노모와 손잡고 가는
남자의 뒤통수를 보면서,

우리도 저렇게 된다는 말,
나는 어떤 표정을 지을지 주춤거렸더랬어요.

그날 저녁상, 문어 매운탕을 떠먹는
엄마의 립스틱이 조금씩 바래집니다.

세상에서 가장 모성애가 뛰어난 연체동물이
문어라는 말을 들은 듯도 한데
아버지는 땀을 흘리며 엄마를
후적후적 들이켭니다.
나는 말캉한 다리만 뒤적거리다,
문어 대가리처럼 웃다가
무심히
매달린 알들을 봅니다.

아버지는 이제 혼자입니다.
아버지처럼 엄마도 혼자네요.

대화 한마디 없는 시간
매운탕이 끓어오릅니다.
눈물 콧물 흘리며 어머니가 들이켭니다.
나는 거스를 수 없는 것들을 생각합니다.

몰락의 기분을 모르는 손,
나의 차례는 오지 않을 것만 같은데

여름의 캐럴

*

누나는 두 손으로 머리카락을 모으고
나는 두 손으로 일기를 쓴다.

지구가 종말하는 날에도 나는 밥알을 세고 있을 테고, 소
녀가 죽을 때까지 기다리는 수단의 독수리의 발톱과 아이
들에게 권총을 쏘는 미치광이의 눈을 일기장에 마구 그리고
있을 테고. 식물도감을 넘기며 동생 얼굴을 넘기며 결말이
궁금할수록 폭설과 저녁은 한꺼번에 쏟아졌다. 크리스마스
전구가 감겨 있는 곳에 오소리와 벌레들의 눈이 반짝였다.
다 자란 잎은 홀수, 자라는 잎은 짝수, 식물도감의 양치식물
의 잎사귀를 세어보면서, 살았나 죽었나 긍정문과 부정문의
차이일 뿐.

*

마을의 개들은 겨울이 오는 서쪽으로 몰려가고
누나, 목숨은 하나인데 왜 짐승의 이빨은 두번 날까

눈이 쌓이지 않은 사람의 마음은
눈을 뜨지 않는 문장,

이미 울어버린 두 눈만 부여잡지

천사가 오기까지 내기해
눈을 감은 사람이 지는 거야
먼저 죽으면 안 되니까
누구라도 따라 울어버리면 안 되니까

스스로 우는 오르골
하나,

둘, 셋
하면 눈을 감는 거야

후쿠시마

저녁은 바깥을 포개어놓고
먼 꿈을 지나는 검은 머리카락들이
짙은 숨을 기웠다.

손톱이 자라는 시간
찬송가를 중얼거리면
모으고 싶지 않은 것들이 생겨났다.
궁금하지 않아?
어둠 너머의 것들이,
신발을 벗고 누우면
발목이 있는지 없는지
인간이 없는지 있는지
나 대신 뉘우칠 신을 증오했다.

굶은 개들의 눈을
보지 말았어야 했을까
슬픔이 없는 사람이
개 앞을 지나갈 때

이해가 필요 없는 식물을
내밀어야 했을까

*

나는 무너진 도서관에서
인간의 시작을 찾아보았고
팔다리의 처음이 물고기 아가미 안쪽에 있다는 것
드디어 인류세가 시작되었다는 것!
뒷산에 그을린 묘비 모양들이 전부 조금씩 다르다는 것을
알았다.

아버지의 치켜뜬 눈이
풀린 새의 동공으로 닫히는 낮,
어머니는 자주
오줌에 젖은 이불을 내다 널었고
거죽이 없는 사람들이 거리에 누워
옅은 수채화로 말랐다.
반대로 쌓이는 곤충의 눈알은 그 어떤 계시도 없는 저주,
주기도문이 기억나지 않았다.

온종일 내린 눈은 성당을 덮었고

인간이란 무엇이냐는 신도의 질문에 신부님은 아무 말도
하지 않았다.

나는 두 손을 꼭 쥐고

커튼 뒤 슬어 있는 바퀴의 알을 떠올렸다.

한쪽 눈을 감았다 뜨며

인간을 이해할 것 같기도 했지만

알을 깨고 나오는 검은 고양이들,

아이들의 성대에서 찌르륵거리는 박새들,

우두둑── 맞춰지지 않는

빛의 쇄골이

모두 젖어 있었다.

마을을 쓸고 간 해일이 나의 손끝에서 잠잠해질 뿐.

닻을 가진 이들은

바닷속에서 나오지 않고

해바라기 꽃 속에 꽃이 자라는 이유를

아무도 묻지 않았다.

*

　신부님, 나를 믿을 수 없어 눈동자를 빼두었어요. 너무 가까운 슬픔을 치울 수 없어요. 끝없이 나를 발가벗기는 은총은 무엇입니까. 침묵이 최선의 기도입니까. 어둠만이 나의 위로를 생각합니다. 인간이 길들일 수 없는 것을 무엇이라 부릅니까. 빛들이 나뭇가지에 고여 이파리를 태우는 것을 겨울이라 부릅니까. 우듬지에서 잇댄 가지들이 우리를 호명할 때, 약속도 없이 날아드는 나방떼가 눈꺼풀에 앉을 때, 밤과 해바라기를 그려놓고 우리는 타오릅니다. 동공 속에 씨앗을 감춰둔 채, 대답을 찾을 수 없는 홀씨들을 찾기 위해, 무릎을 꿇고 그을린 뼈를 줍는 우리가 있는 곳이, 당신의 것입니까. 줄지어 선 해바라기는 누구의 차례입니까. 어둠에 깍지를 끼면 우수수 쏠려가는 꽃잎들. 몸 바깥으로 꽃줄기를 세우고 가는 짐승들, 목을 매단 얼굴들이 밧줄을 늘어뜨리는 오후, 그늘을 짓이기는 자주색 꽃술이 몇겹입니까. 우리를 부르는 것이 당신입니까. 들이치는 불길입니까. 이제 진짜 몰락을 주세요.

말할 수 없는 슬픔에서
말할 수밖에 없는 슬픔으로

김언

  정현우의 시에는 유독 '슬픔'이라는 단어가 많이 나온다. '원통한 일을 겪거나 불쌍한 일을 보고 마음이 아프고 괴롭다'는 뜻을 담고 있는 '슬프다'가 명사화된 것이 '슬픔'이라면, 이런 사전적인 의미에 더해서 슬픔의 의미를 새롭게 다지거나 넓히는 일이 또한 시인의 몫일 것이다. 그렇다면 정현우의 시에 자주 등장하는 '슬픔'은 과연 어떤 슬픔일까? 어떤 다른 의미를 품고 있는 슬픔일까? 이런 질문을 동반하면서 '슬픔'이 등장하는 장면을 본다.

  간밤의 꿈을 모두 기억할 수 없듯이, 용서할 수 있는 것들도 다시 태어날 수 없듯이, 용서되지 않는 것은 나의 저편을 듣는 신입니까, 잘못을 들키면 잘못이 되고 슬픔을 들키면 슬픔이 아니듯이, 용서할 수 없는 것들로 나는 흘러갑니다. 검은 물속에서, 검은 나무들에서 검은 얼굴을 하고, 누가 더 슬픔을 오래도록 참을 수 있는지, 일몰로 차들이 달려가는 밤, 나는 흐릅니까. 누운 것들로 흘러야 합니까.

—「슬픔을 들키면 슬픔이 아니듯이」 부분

간밤의 꿈을 모두 기억할 수 없는 것과 마찬가지로 용서가 가능한 것도 용서가 불가한 것도 모두 현실 너머의 일로 여기는 시선이 우선 눈에 띈다. 용서가 가능한 것은 재생될 수 없는 것으로, 용서가 불가한 것은 신의 영역으로 넘겨버리는 화자의 태도는 충분히 읽히는데, 이러한 태도를 불러일으키게 된 용서의 대상은 밝혀놓지 않았다. 용서의 대상이 무엇인지는 인용한 부분뿐만 아니라 시의 전문을 통해서도 확인되지 않는다. 다만 용서를 둘러싼 화자의 부정적인 심리가 강물처럼 흘러가면서 불어나고 있는 것만 확인된다. 용서의 대상과 관련되는 것으로 짐작되는 '슬픔'도 실체가 불투명하기는 마찬가지다. "잘못을 들키면 잘못이 되고 슬픔을 들키면 슬픔이 아니듯이"라는 표현에서, 드러나는 순간 사라지거나 부정되는 '슬픔'의 존재 조건만 간신히 확인될 뿐이다.

저 말대로라면 슬픔은 드러날 수 없는 성질의 것이지만, 한편으로는 함부로 들켜서도 안 되고 표현되어서도 안 되는 무엇으로도 읽힌다. 들키지도 드러내지도 않아야 하는 것이 슬픔이라면, 그와 같은 성격의 슬픔은 내면으로 침전되는 방식으로 표출되는 양상을 보일 수밖에 없다. 말하자면 "검은 물속에서, 검은 나무들에서 검은 얼굴을 하고" 오래 참아야 하는 성질의 것. 그것이 위 시의 슬픔이자 정현우 시의 슬픔을 이루는 면면이라고 한다면, 질문은 다시 제기된다. 어떤 슬픔이기에 저토록 어둡고 컴컴한 내면으로 침전되는 말을 할 수밖에 없는 것일까? 안으로 침전되는 말이 침묵에 가까운 검은색을 띨수록 살펴보아야 하는 것은 슬픔의 얼굴이고 표정일 것이다. 침묵하는 와중에도 언뜻언뜻 드러나는 표정에서 슬픔의 연원과 색깔을 짚어보는 방식으로 정현우의 첫 시집을 읽어나가고자 한다. 먼저 슬픔의 내력을 짐작게 하는 시 한편.

　새 옷이라는 말이 낯설었다. 여름성경학교에서 구원받은 자가 입게 되는 말을 새 옷이라고 들은 것 같은데 옷 속에 들어갈 수 없는 사람과 들어간 사람이 나누어졌다. 엄마, 속옷 같은 걸 주워 입어도 돼? 죽은 사람의 것이라면, 아, 누군가의 알몸에 닿은 것이라면, 속옷을 매일 갈아입을 수 있는 것이라면, 구원받을 수 없는 사람은 알지. 시옷 모양의 옷과 시옷 모양의 사람과 시옷 모양의 새는 옷 속에 잘 들어가고, 엄마 산다는 게 뭐야? 살면 살아지는 거, 가지를 쳐내도 징그럽게 자라나는 거지, 소매에 넣으면

길어진 나의 팔은 쑥쑥 자라 입을 수 없는 옷들만 수북이
쌓였다. 가끔 묘묘가 가져다놓은 생선 대가리를 빙빙 돌
리면서 여기는 옷의 나라야, 까끌까끌한 장롱이 참 깨끗
하던데요. 깨진 어항을 입으면 아플까. 피가 날까, 버려진
가방에 숨어버릴까. 엄마와 나는 밤새 하늘을 날았다.

——「옷의 나라」 전문

'옷'이라는 단어의 모양새는 이상하게 사람의 형상을 닮
았다. 그래서일까, 사람이 들어가는 옷도, 속의 옷이 들어가
는 겉의 옷도 모두 시옷 모양이다. 인간의 시선으로 재단되
는 새들도 순전히 시옷 모양에 가깝다는 이유로 옷 속에 들
어갈 수 있는 자격을 얻는다. 만약 조금이라도 그 모양새가
어긋나면 새는 물론이고 옷도 사람도 들어갈 수 없는 옷. 이
미 정해진 옷의 모양새는 그런 점에서 일종의 규범이고 기
준이다. 인간이 인간일 수 있는, 인간이 아닌 것이 인간처럼
대우받을 수 있는 최소한의 조건으로 제시되는 이 옷에 대
해 화자는 심히 불편한 상태에 놓여 있다. 시옷 모양으로 틀
에 박힌 옷에 자신의 몸이 들어맞지 않기 때문이다. "징그럽
게 자라나는" 가지처럼 쑥쑥 자라는 팔로 인해 "입을 수 없
는 옷들만 수북이 쌓"이는 상태는 그대로 화자의 내면 공간
을 되비춘다.

옷에 맞는 몸이 되고 마음이 되어야 구원받는 존재가 된
다는 것쯤은 화자도 이미 알고 있다. 그러나 안다는 것과 산

다는 것은 다르다. 아는 것과 별개로 사는 것은 불편의 연속이자 고통의 연속이다. 내가 아는 방식과 사는 방식이 어긋날 때, 그러니까 내가 배우고 익혀야 하는 방식과 내가 나로서 존재할 수밖에 없는 방식이 어긋날 때 인간은 불행해지고, 불행한 그 내면과 어울리는 옷은 당연히 "옷의 나라"에서 정해놓은 기준에서 한참이나 벗어난다. "깨진 어항"이나 "버려진 가방"처럼 도무지 옷이라고 인정받을 수 없는 옷을 상상하는 지경에서 밤새 하늘을 나는 환상으로 넘어가는 장면은 당연하고도 자연스럽다. 현실에서 상처가 되는 지점이 환상에서는 비상이 되는 지점으로 둔갑하는 것 역시 익숙하다면 익숙한 풍경이다. 문제는 환상이 아니라 현실이다. 환상의 풍경이 어떠하든 현실은 변치 않는 실존의 문제로 남아 있다. "낮을 사랑한 별자리"(「적화(摘花)」)처럼, 잘못 튀어나온 못처럼, 제가 있을 곳에 제대로 있지 못하는 자는 계속 질문하는 자리에서 방황한다.

　인간에게 허락되는 옷은 왜 한가지 모양밖에 없는가? 아니면 인간에게 주어지는 자격은 기존의 옷에 들어갈 수 있는가 없는가와 같은 두 종류밖에 없는가? "인간이 가질 수 있는 색"(「컬러풀」)이 저마다 다르듯이 인간이 선택할 수 있는 옷도 저마다 다르다. 그뿐인가. 옷으로 표상되는 개성과 정체성도 저마다 다를 수밖에 없다. 저마다의 성격과 기질이 다를 수밖에 없음에도 개개인에게 적용되는 분류체계는 늘 한정된 가짓수에 묶여 있다. 기준에 따라 둘 혹은 셋으로,

넷 아니면 다섯으로, 많게는 수십가지로 갈라지는 분류 항목의 숫자는 중요하지 않다. 아무리 합리적이고 정교한 기준을 정하더라도 개개인의 실존을 다 설명해줄 수 있는 분류체계는 불가능할뿐더러 불필요하다. 분류체계 자체가 일정한 기준에 따라 비슷한 성질의 것끼리 묶고 다른 성질의 것끼리 나누는 작업을 전제로 하기 때문이다.

분류체계상 나와 아무리 비슷한 성질로 묶이는 이들이라고 하더라도 그들과 나는 엄연히 다른 존재다. 물론 그들끼리도 다른 존재다. 다른 분류체계를 들이대면 또 다르게 묶이고 갈라질 이들이 임시로 머물러 있는 곳에 내가 있고 타인이 있다. 우리는 이러저러한 분류체계가 주는 편의성 때문에, 혹은 소속감이나 안정감 때문에 자진해서 분류되는 길을 택하는지도 모른다. 설령 자신이 속한 부류가 극소수의 희귀한 유형일지라도, 그것이 분류체계에서 나온 결과물이라면 묘한 안도감을 느낀다. 내가 어디어디에 속한다는 안도감. 이것 때문에라도 절박하게 매달리는 것이 또한 온갖 분류체계일 것이다.

그러나 분류는 분류일 뿐 그 자체 나의 특성이나 고유성을 대변해주지는 못한다. 특정한 분류체계를 넘어 이 세상에 존재하는 모든 분류체계를 동원하더라도 '나'라는 한 개인의 정체성을 특정하는 결과물은 얻지 못할 것이다. 나의 정체성이 모든 분류체계의 합을 넘어서서 존재하는 무엇이라면, 그 무엇을 설명할 수 있는 방법은 무엇일까? 혹은 그 무엇에 근접하는 언어라는 것이 있을까? 있다면 어떤 것일까? 나의 정체성과 직결되는 언어가 어떤 것이라고 얘기하기 전에, 적어도 그것이 기존의 분류체계에서 나오는 언어와는 상당 부분 결별하는 언어여야 한다는 점은 분명해 보인다. 기존의 언어와 결별하는 지점에서 탄생하는 언어. 어쩌면 그것이 나의 정체성과 연동하는 언어이면서 한편으로 저마다의 기질과 성격에 충실한 시의 언어일 것이다. 나의 언어는 기존의 언어와 달라야 한다는 생각에서 싹트는 문장 하나하나가 시로 넘어가는 과정에는 그러나 많은 용기와 각오가 필요하다. 그만큼 순탄치 않은 여정이 기다리고 있다는 말도 되겠다.

특히 분류체계상 어디에도 속하기 애매하거나 극소수에 속하는 이들에게 들이대는 시선이 차이를 인정하는 시선이 아니라 차별이나 억압, 폭력을 내장한 시선이라면, 그러한 시선을 감내해야 하는 자의 내면은 결코 평온할 수가 없다. 더구나 성별이나 인종, 계급처럼 뿌리 깊은 고정관념에서 비롯된 차별과 냉대의 시선이라면, 거기서 자유로울 수 있는 영혼이 얼마나 될까? 이때부터 영혼은 몸부림치고 내면은 요동치는 것을 거듭한다. 기존의 체계와 언어와 시선에 갇혀서 질식하지 않기 위해서라도 발버둥 쳐야 하는 언어. 그것은 한편으로 내가 나로서 "살아 있으려는 색"(「컬러풀」)을 품고 있는 언어다. 지난한 여정이 예고된 그 길에서 먼저 만나게 되는 풍경은 정현우의 시에서 가장 절실하게 맞닥뜨리는 실존의 풍경이기도 하다. 아래의 시를 보자.

오늘은 달팽이가 여자가 될 수 있을 것 같아서
내가 키운 물음표를
다 갉아 먹을 수 있도록 내버려뒀다.

아빠가 말했지
이상한 짐승을 기르는구나,
처음부터 이상한 인간은 없는데
너는 왜 그 모양이니,

생기다 만 도형에 가까워지는 것을 생각한다.
모가 난 것들은 미끄러지지 않는데
플라스틱으로 축조된 사육장

치설을 이만개나 가진 달팽이가
사람을 갉으면 무슨 모양일까.

남성과 여성을 지우고 나서야 나는
웅덩이 속,
나무를 베고 잠이 들었다.

—「달팽이 사육장 1」 전문

알다시피 달팽이는 암수한몸의 동물이다. 사전적인 뜻 그대로, 한 개체에 암수 두 생식기관을 다 갖춘 이 동물이 "왼쪽과 오른쪽 슬픔의 얼굴이 다르"(「밥알을 넘기다 수저를 삼키면」)고 "처음부터 오른손의 가지와/왼손의 가지는 다르게 적"(「손금」)히는 이의 내면을 단순히 비유적으로 받아주는 장치로만 읽히지는 않는다. 남자면 남자고 여자면 여자라는 세간의 통념으로는 설명될 수 없는 한 사람의 정체성을 온몸으로 받고 있는 동물이 이 시의 달팽이다. 화자의, 아니 시적 주체의, 아니 시인의 성 정체성을 정면으로 받고 있는 생명체라고 해도 좋겠다. 물론 화자/주체/시인의 전신을 투사한 달팽이 앞에 손쉬운 이해의 길이 기다리고 있지는 않다. 가장 가까운 육친조차도 고개를 젓는 듯한 태도는 세상의 통념이 반영된 태도이면서 화자 자신에게도 내면화되는 태도일 것이다. "너는 왜 그 모양이니"라는 아버지의 발언은 화자의 내면에서도 "온 힘을 다해/잘못 태어난 것"(「빙점」)에 대해 고민하고 질문하게 만든다.

그러나 애초부터 답이 나올 수 없는 질문을 계속해봤자 갉아 먹히는 것은 자기 자신이다. "치설을 이만개나 가진 달팽이"는 화자의 대리물이기도 하지만, 한편으로 끊임없이 화자 자신을 갉아 먹는 존재이기도 하다. 결과적으로 "내가 키운 물음표를/다 갉아 먹을 수 있도록 내버려"둘 수밖에 없는 달팽이는 한 사람의 고통스러운 자화상을 대신하면서 시집 곳곳을 정체성에 대한 질문과 고민을 동반하는 장면으로 바꿔놓는다. 가령, "끝없이 바깥을 쌓아도/세워지지 않는 나의 성 안에서/얼굴 없는 여자가/또각또각 걸어나간다"(「여자가 되는 방」), "잠은 둘이 자는데/왜 두가지 성을 가질 수 없을까.//허용되지 않는 나의 태초"(「침례 1」), "여자인지, 바람인지,/사람인지/나의 변주는/불변성"(「달팽이 사육장 2」)과 같은 대목. "두가지 성"이 한 몸에서 동거하는 자의 괴로운 응시는 「기원」에서처럼 또다른 분류체계에 자신을 의탁하는가 하면("그때엔 세 종류의 성이 있었대"), "여자와 남자를 구분하는 시간은/빛을 오리는 검은 가위질"(「인면어」)처럼 "남성과 여성을 지우"면서 그 경계를 무화하는 방향으로 나아가기도 한다.

달팽이와 같은 암수한몸의 존재는 이때도 구원군처럼 등장한다. "지렁이를 잡아 올리는 일은 성(性)이 없는 것들을 만지는 일"(「진화」), "나는 앉아서 오줌을 누는 천사로 태어났으니,/성기를 모두 가진 은행나무", "할머니는 여자가 아니고, 사람도 아니고, 어느 쪽으로 기울어 있는지 궁금해, 작두날을 얼굴에 대고 연풍을 돈다"(「강신무」)에 등장하는 지렁이, 은행나무, 무당 등이 그 사례다. 빙의하듯이 투사하는 사물이 늘어나는 만큼 화자/주체/시인 자신의 번민도 강도를 더해간다. "사람이 죽으면 여자일까 남자일까"(「여자가 되는 방」), "성별이 없는 것들은/죽기 직전의 얼굴"(「항문이 없는 것들을 위하여」)에서 엿보이듯, 그 번민은 죽을 때까지 내려놓지 못할 짐에 가깝다. 이는 죽기 전까지 기존의 언어로 된 분류체계를 벗어날 수 없다는 말이기도 하다. 벗어날 수도 없고 결별할 수도 없다면 남는 것은 마찰이다. 기존의 언어와 마찰하는 언어, 기존의 체계와 끊임없이 불화하는 언어.

세상의 논리를 받아들이되 순순히 받아들일 수는 없는 노릇을 정현우의 시에서는 상당 부분 '귀'가 담당한다. 그의 시에서 가장 예민하게 작동하는 감각기관이기도 한 귀는 일견 세상을 이해하려는 기관("나의 바깥을 엿듣는 귀들이 생겨나/나는 나의 바깥을 떠돌았다", 「도깨비바늘」)이면서, "밤새 귀를 기울여도 무너지는 것들만 있어"(「소멸하는 밤」)에서 확인되듯, 손쉬운 이해를 거부하면서 내내 "멀미를 앓고"(「수묵」) 있는 기관에 해당한다. "주어진 것들을 이해하기 위해"서라도 "더 많은 귀를 잘라야" 하는 것이 마땅하겠으나, 정현우 시의 화자는 그렇게 순순한 길을 보여주지 않는다. 차라리 고양이 '묘묘'처럼 "귀들을 모조리 모아/개구멍에 가져다"(「묘묘」) 버리는 쪽을 선택한다. 바깥을 향해서는 더 엿들을 것도 귀담아들을 것도 없는 상황이라면, 남아 있는 방향은 안쪽이다. "인간의 안으로만 자라는 귀"(「귀와 뿔」)는 그렇게 탄생한다. 그리고 이 지점에서 정현우 시의 특징적인 이미지 하나가 발생하는데, 바로 소용돌이 이미지다.

귀의 내부 모습과 묘하게도 닮은꼴인 소용돌이 이미지는 시집 구석구석을 파고들면서 흔적을 남긴다. "어둠이 원 속으로 들어간다./빛이 가라앉는다"(「오르골」), "슬픔은 오른쪽이야,/기억을 나사처럼 돌리다가"(「소라 일기」), "돌아갈 마음이 없고 오른쪽으로 소용돌이치는 비"(「진화」), "깊숙이 어둠을 벗기면/빛의 시작은 양파의 생물성,/소용돌이를 그리다 멀지 않은 곳에 멈춘다"(「파랑의 질서」), "밑그림 없이 자라는 성체들을/연필깎이 구멍 속에/집어넣는 생각"(「인면어」) 등에서 발견되는 소용돌이 이미지는, 답이 나오지 않는 질문 앞에서 혼자서 번민하는 자의 심리가 극적으로 형상화된 사례이기도 하다. 마치 백지 앞에서 아무것도 쓰지 못하다가 어지럽게 그려대는 동그라미 낙서처럼 생긴 소용돌이. 구조적으로 귀를 쏙 빼닮은 이 소용돌이 이미지는 귀와 마찬가지로 안팎으로 두가지 운동 방향성을 보인다.

먼저 안쪽의 방향. "나를 당기는/붉은 실"이 "끝없이 이어져 있는"(「배꼽의 기능」) 배꼽을 파고들듯이 내부로 향하는 소용돌이의 언어는 분류체계로 설명될 수 없는 나의 기원을 더듬는 방식을 취한다. 그것은 나의 탄생을 가능케 한 모계와 부계 양쪽의 뿌리를 다 더듬어 올라가는 일이기도 하다. "엄마는 언제부터 엄마였는지 엄마는 뭘 잡아먹고 엄마가 된 건지"(「주말의 명화」), "집에 갈 시간이야, 자작나무 숲에서 삐져나온 그림자는 물보라를 일으킨다. 엄마로 거슬러가는 길이야"(「인어가 우는 숲」)가 모계를 더듬어 올라가는 길을 보여준다면, "할아버지의 커다란 귀에/웅얼거리는 아버지를 보았다./아버지의 귀에 대고 물어도 될까"(「겨울 귀」)는 부계를 헤집고 올라가는 사례에 해당한다. 부계든 모계든 그것의 뿌리에는 인간의 기원이 놓일 것이고, 두발짐승과

네발짐승의 기원이 놓일 것이고, 마침내 바다에서 시작한 생명체에까지 기원은 타고 올라갈 것이다. "물속에서 탯줄로 숨 쉬는 법을 배웠다지만, 배 속을 뒤집으면 은색 아가미가 떨어져 나오겠지, 아가미를 만지면 태초의 노래를 잃어버렸다는 생각"(「사람은 물고기처럼 물속에서 숨 쉴 수 없나요」)에 이르기까지 기원을 탐색해 들어간 끝에서 발견되는 것은 역설적이게도, 아니 당연하게도 아무(것)도 없는 상태다. "엄마를 벗긴다. 엄마는 없는데 양파들만 굴러나온다. 엄마가 있어서 양파를 던지는 일요일. 양파는 속이 없다"(「주말의 명화」)에서 보이는 아무것도 없음의 상태는 달리 말하면 점의 상태다. 모든 색을 섞은 "거대한 검은색 마침표"(「컬러풀」)로서의 점이면서, "점으로 떠돌다 사람으로 점지되었을 때"(「점(占)」)를 미리 품고 있는 점의 상태. 그러나 아무것도 없는 것과 마찬가지인 점의 상태가 곧바로 나의 정체성으로 환원되지는 않는다. 나의 정체성은 기원을 향해 더듬어 올라갈수록 보편성을 얻는 대신 특수성을 잃는다. 고유성을 잃는다고 해도 좋겠다.

기실 나의 기원에는 나의 기원만이 존재하지는 않는다. 나의 기원은 누구나의 기원이면서 모든 것의 기원이 되는 순간 나를 버린다. 나의 현재를 버리고 나의 실존을 버리는 지경까지 올라간 기원은 사실상 나의 정체성과 무관한 기원이다. 너무 먼 기원은 오히려 내가 아니라는 점에서 소용돌이의 언어는 방향을 튼다. 남아 있는 소용돌이 언어의 두번

째 운동 방향은 이제 외부를 향한다.

눈 내린 숲을 걸었다.
쓰러진 천사 위로 새들이 몰려들었다.
나는 천사를 등에 업고
집으로 데려와 천사를 씻겼다.
날개에는 작은 귀가 빛나고 있었다.
나는 귀를 훔쳤다.
귀를 달빛에 비췄고
나는 천사에게 말을 배웠다.
두 귀,
두개의 깃.
인간의 귀는 언제부터 천사의 말을 잊었을까.
(⋯)
목소리를 들으려 할 때
귓바퀴를 맴도는 날갯짓은
인간과 천사의 사이
끼어드는 빛의 귀.
불이 매달려 있다고 말하면
귓불을 뿔이라고 말하면
두 귀,
두개의 뿔.

　　　　　　　　　　—「귀와 뿔」 부분

귀로 표상되는 소용돌이의 내부가 기원을 향한다면, 소용돌이처럼 생긴 귀의 외부에는 천사가 있다. 그런데 눈 내린 숲에 쓰러진 천사를 데려와서 보니, 천사의 날개에도 작은 귀가 달려 있다. 날개와 귀가 연결되는 장면 다음에 나란히 등장하는 "두 귀"와 "두개의 깃"은 의미상으로도 발음상으로도 자연스럽게 호응한다. 또한 '귓불'에서 '불'은 '뿔'로 발음되므로 "두 귀"와 "두개의 뿔" 역시 자연스러운 대구를 보인다. 천사의 '날개＝귀'에서 비롯된 '깃'과 '뿔'은 앞서 세상의 논리를 받아들이되 순순히 받아들일 수 없었던 화자의 귀가 유일하게 받아들이고 싶은 사물이기도 하다.

　여기서 '깃'을 비상의 이미지로, '뿔'을 저항의 이미지로 다시 받는다면, 결과적으로 귀를 통해서 이 시에서 표출하고자 하는 욕망은 비상과 저항으로 집약된다. 세상의 언어를 일방적으로 수렴해야 하는 귀가, 혹은 세상의 논리에 일방적으로 순응해야 하는 귀가 비상과 저항의 창구로 변신하는 이 대목에서, 현실에서 가장 억압받는 부분이 환상에서 가장 눈부시게 돌출되는 지점으로 화하는 광경을 재차 확인할 수 있다. 비상하면서 자유롭고 싶고 저항하면서 이탈하고 싶은 욕망을 바닥에 깔고 있는 정현우 시의 환상은 "모든 슬픔을 한꺼번에 울 수는 없나"(「꿈과 난로」)라고 끊임없이 되묻는 자의 슬픔에 기반한다. 그것은 세상의 어떤 언어와 체계로도 설명될 길이 없는 자의 슬픔이기도 할 것이다.

설명될 수 없으므로 안으로는 자신의 기원을 묻고 밖으로는 자신의 천사를 찾는 자가 몸부림치듯 소용돌이를 일으키며 발생하는 언어. 말하자면 보이지 않는 자신의 뿌리를 상상하는 언어이면서 들리지 않는 천사의 말을 기억하려는 언어의 소용돌이. 그것이 어쩌면 정현우 시의 지극한 현실이자 궁극적인 슬픔의 표정일 것이다. 말할 수 없는 슬픔에서 말할 수밖에 없는 슬픔으로, 말할 수 없으면 보여줄 수밖에 없는 표정으로 묵묵히 슬픔을 새기고 있는 자의 얼굴. 슬픔으로 괴로워하는 얼굴이면서 슬픔으로 견디고 있는 그 얼굴이, 시집을 덮으면서 마지막에 남는 인상이자 잔상이자 지울 수 없는 자화상이라는 말을 덧붙여둔다.

　　　　　　　　　　　　　　　　　　　　　　　森言 | 시인

　죽지 마 떨어지지도 마 아무것도 없는데
　한여름에 먹는 수박 맛도 느낄 수 없잖아
　우리는 죽기 직전까지 어떤 마음을 선택해야 하고
　밤이 되면 슬픈 눈을 갖게 되는 것도
　천국이 있다는 아름다운 말을 믿는 것도
　너는 아니, 인간에게 울음은 왜 있는 걸까, 네 슬픔에 기대
도 될까
　버스를 타고 오는 창문에 입김을 불었어
　네 눈동자를 그려봤어 자꾸 지워지는데 그런 슬픔은 잔인
하지

　그해 겨울, 교회에서 고개를 숙인 채 우는 네게
　나는 아무것도 묻지 못했어
　스테인드글라스에 걸려 넘어지는 빛, 그건 모자이크 놀이
　나는 알 것 같기도 한데, 저 유리를 모두 깨뜨리면
　우리를 지켜주는 천사가 서 있을 것 같다고
　크리스마스 전구알들이 도시를 감싸는 밤,

네 마지막 벨소리를 듣지 못했어

너의 지워진 손과 얼굴을 주워 담았지

울컥 올려다본 겨울 하늘은 왜 그리 징그럽고 아름답던지

아, 사람은 이렇게 생겼구나, 너를 안고 영안실로 달리
던 밤

많이 졸리구나, 눈을 감고 자고 있구나

나는 밤이었나 가볍게 감기는 눈꺼풀이었나

그날 이후 꿈속에 천사들이 찾아와서

나는 아직 할 일이 있다고 안 된다고 했어

시간은 언제 시작되었을까 공간은 어디에서 끝날까

어둠과 빛 사이에 무릎을 꿇게 만드는 것들

찬란한 애수, 검은 기쁨들……

내가 듣고 말하는 것이 모두 썩어 없어진다면

그냥, 서글픈 이파리, 눈이 부시다가

바람결에 날아가도 좋아

그냥, 이런 하찮은 마음 같은 거, 그러니까

이건 나의 마지막 편지

더이상 네게 묻지 않을게

네 슬픔을 기도하는 것도 안도하는 것도

나는 아직 사람이 되지 않았는데

너는 그래서 사람이 되었어?

네가 있는 곳에도 눈이 올까?

나는 미친 듯이 궁금해

너는 아니, 어떤 질문이든 뭐가 필요해

됐어, 견뎌내느라 애썼어, 너의 눈동자 같은 기쁨으로

2021년 1월

정현우

창비시선 452

나는 천사에게 말을 배웠지

초판 1쇄 발행 / 2021년 1월 15일
초판 6쇄 발행 / 2023년 3월 3일

지은이 / 정현우
펴낸이 / 강일우
책임편집 / 이선엽 박문수
조판 / 한향림 박지현
펴낸곳 / (주)창비
등록 / 1986년 8월 5일 제85호
주소 / 10881 경기도 파주시 회동길 184
전화 / 031-955-3333
팩시밀리 / 영업 031-955-3399 편집 031-955-3400
홈페이지 / www.changbi.com
전자우편 / lit@changbi.com

ⓒ 정현우 2021
ISBN 978-89-364-2452-7 03810